Эксклюзивная классика (АСТ)

Олдос Хаксли
О дивный новый мир

«Издательство АСТ»

1932

УДК 821.111-31
ББК 84(4Вел)-44

Хаксли О. Л.

О дивный новый мир / О. Л. Хаксли — «Издательство АСТ», 1932 — (Эксклюзивная классика (АСТ))

ISBN 978-5-17-086774-5

«О дивный новый мир» – изысканная и остроумная антиутопия о генетически программируемом «обществе потребления», в котором разворачивается трагическая история Дикаря – «Гамлета» этого мира. Больше интересных фактов об авторе читайте в ЛитРес: Журнале

УДК 821.111-31
ББК 84(4Вел)-44

ISBN 978-5-17-086774-5

© Хаксли О. Л., 1932
© Издательство АСТ, 1932

Содержание

Глава первая	6
Глава вторая	13
Глава третья	18
Глава четвертая	32
I	32
II	35
Глава пятая	39
I	39
II	42
Глава шестая	46
I	46
II	50
III	52
Глава седьмая	55
Глава восьмая	62
Глава девятая	70
Глава десятая	73
Глава одиннадцатая	76
Глава двенадцатая	85
Глава тринадцатая	92
Глава четырнадцатая	98
Глава пятнадцатая	102
Глава шестнадцатая	106
Глава семнадцатая	112
Глава восемнадцатая	117

Олдос Хаксли
О дивный новый мир

Утопии оказались гораздо более осуществимыми, чем казалось раньше. И теперь стоит другой мучительный вопрос, как избежать их окончательного осуществления... Утопии осуществимы... Жизнь движется к утопиям. И открывается, быть может, новое столетие мечтаний интеллигенции и культурного слоя о том, как избежать утопий, как вернуться к не утопическому обществу, к менее «совершенному» и более свободному обществу.

Николай Бердяев

Aldous Huxley
BRAVE NEW WORLD
Печатается с разрешения The Estate of Aldous Huxley и литературных агентств Reece Halsey Agency, The Fielding Agency и Andrew Nurnberg.

© Aldous Huxley, 1932
© Перевод. О. Сорока, наследники, 2011
© Издание на русском языке AST Publishers, 2016

Глава первая

Серое приземистое здание – всего лишь в тридцать четыре этажа. Над главным входом надпись: «ЦЕНТРАЛЬНО-ЛОНДОНСКИЙ ИНКУБАТОРИЙ И ВОСПИТАТЕЛЬНЫЙ ЦЕНТР», и на геральдическом щите – девиз Мирового Государства: «ОБЩНОСТЬ, ОДИНАКОВОСТЬ, СТАБИЛЬНОСТЬ».

Огромный зал на первом этаже обращен окнами на север, точно художественная студия. На дворе лето, в зале и вовсе тропически жарко, но по-зимнему холоден и водянист свет, что жадно течет в эти окна в поисках живописно драпированных манекенов или нагой натуры, пусть блеклой и зябко-пупырчатой, – и находит лишь никель, стекло, холодно блестящий фарфор лаборатории. Зиму встречает зима. Белы халаты лаборантов, на руках перчатки из белесой, трупного цвета, резины. Свет заморожен, мертвен, призрачен. Только на желтых тубусах микроскопов он как бы сочнеет, заимствуя живую желтизну, – словно сливочным маслом мажет эти полированные трубки, вставшие длинным строем на рабочих столах.

– Здесь у нас Зал оплодотворения, – сказал Директор Инкубатория и Воспитательного Центра, открывая дверь.

Склонясь к микроскопам, триста оплодотворителей были погружены в тишину почти бездыханную, разве что рассеянно мурлыкнет кто-нибудь или посвистит себе под нос в отрешенной сосредоточенности. По пятам за Директором робко и не без подобострастия следовала стайка новоприбывших студентов, юных, розовых и неоперившихся. При каждом птенце был блокнот, и, как только великий человек раскрывал рот, студенты принимались яро строчить карандашами. Из мудрых уст – из первых рук. Не каждый день такая привилегия и честь. Директор Центрально-Лондонского ИВЦ считал всегдашним своим долгом самолично провести студентов-новичков по залам и отделам. «Чтобы дать вам общую идею», – пояснял он цель обхода. Ибо, конечно, общую идею хоть какую-то дать надо – для того, чтобы делали дело с пониманием, – но дать лишь в минимальной дозе, иначе из них не выйдет хороших и счастливых членов общества. Ведь, как всем известно, если хочешь быть счастлив и добродетелен, не обобщай, а держись узких частностей; общие идеи являются неизбежным интеллектуальным злом. Не философы, а собиратели марок и выпиливатели рамочек составляют становой хребет общества.

«Завтра, – прибавлял он, улыбаясь им ласково и чуточку грозно, – наступит пора приниматься за серьезную работу. Для обобщений у вас не останется времени. Пока же…»

Пока же честь оказана большая. Из мудрых уст и – прямиком в блокноты. Юнцы строчили как заведенные.

Высокий, сухощавый, но нимало не сутулый, Директор вошел в зал. У Директора был длинный подбородок, крупные зубы слегка выпирали из-под свежих, полных губ. Стар он или молод? Тридцать ему лет? Пятьдесят? Пятьдесят пять? Сказать было трудно. Да и не возникал у вас этот вопрос; ныне, на 632-м году эры стабильности, Эры Форда, подобные вопросы в голову не приходили.

– Начнем сначала, – сказал Директор, и самые усердные юнцы тут же запротоколировали: «Начнем сначала». – Вот здесь, – указал он рукой, – у нас инкубаторы. – Открыл теплонепроницаемую дверь, и взорам предстали ряды нумерованных пробирок – штативы за штативами, стеллажи за стеллажами. – Недельная партия яйцеклеток. Хранятся, – продолжал он, – при тридцати семи градусах; что же касается мужских гамет, – тут он открыл другую дверь, – то их надо хранить при тридцати пяти. Температура крови обесплодила бы их. (Барана ватой обложив, приплода не получишь.)

И, не сходя с места, он приступил к краткому изложению современного оплодотворительного процесса – а карандаши так и забегали, неразборчиво строча, по бумаге; начал он, разу-

6

меется, с хирургической увертюры к процессу – с операции, «на которую ложатся добровольно, ради блага Общества, не говоря уж о вознаграждении, равном полугодовому окладу»; затем коснулся способа, которым сохраняют жизненность и развивают продуктивность вырезанного яичника; сказал об оптимальной температуре, вязкости, солевом содержании; о питательной жидкости, в которой хранятся отделенные и вызревшие яйца; и, подведя своих подопечных к рабочим столам, наглядно познакомил с тем, как жидкость эту набирают из пробирок; как выпускают каплю за каплей на специально подогретые предметные стекла микроскопов; как яйцеклетки в каждой капле проверяют на дефекты, пересчитывают и помещают в пористый яйцеприемничек; как (он провел студентов дальше, дал понаблюдать и за этим) яйцеприемник погружают в теплый бульон со свободно плавающими сперматозоидами, концентрация которых, подчеркнул он, должна быть не ниже ста тысяч на миллилитр; и как через десять минут приемник вынимают из бульона и содержимое опять смотрят; как, если не все яйцеклетки оказались оплодотворенными, сосудец снова погружают, а потребуется, то и в третий раз; как оплодотворенные яйца возвращают в инкубаторы, и там альфы и беты остаются вплоть до укупорки, а гаммы, дельты и эпсилоны через тридцать шесть часов снова уже путешествуют с полок для обработки по методу Бокановского.

– По методу Бокановского, – повторил Директор, и студенты подчеркнули в блокнотах эти слова.

Одно яйцо, один зародыш, одна взрослая особь – вот схема природного развития. Яйцо же, подвергаемое бокановскизации, будет пролиферировать – почковаться. Оно даст от восьми до девяноста шести почек, и каждая почка разовьется в полностью оформленный зародыш, и каждый зародыш – во взрослую особь обычных размеров. И получаем девяносто шесть человек, где прежде вырастал лишь один. Прогресс!

– По существу, – говорил далее Директор, – бокановскизация состоит из серии процедур, угнетающих развитие. Мы глушим нормальный рост, и, как это ни парадоксально, в ответ яйцо почкуется.

«Яйцо почкуется», – строчили карандаши.

Он указал направо. Конвейерная лента, несущая на себе целую батарею пробирок, очень медленно вдвигалась в большой металлический ящик, а с другой стороны ящика выползала батарея уже обработанная. Тихо гудели машины. Обработка штатива с пробирками длится восемь минут, сообщил Директор. Восемь минут жесткого рентгеновского облучения – для яиц это предел, пожалуй. Некоторые не выдерживают, гибнут; из остальных самые стойкие разделяются надвое; большинство дает четыре почки; иные даже восемь; все яйца затем возвращаются в инкубаторы, где почки начинают развиваться; затем, через двое суток, их внезапно охлаждают, тормозя рост. В ответ они опять пролиферируют – каждая почка дает две, четыре, восемь новых почек, – и тут же их чуть не насмерть глушат спиртом; в результате они снова, в третий раз, почкуются, после чего уж им дают спокойно развиваться, ибо дальнейшее глушение роста приводит, как правило, к гибели. Итак, из одного первоначального яйца имеем что-нибудь от восьми до девяноста шести зародышей – согласитесь, улучшение природного процесса фантастическое. Причем это одноячейные, тождественные близнецы – и не жалкие двойняшки или тройняшки, как в прежние живородящие времена, когда яйцо по чистой случайности изредка делилось, а десятки близнецов.

– Десятки, – повторил Директор, широко распахивая руки, точно одаряя благодатью. – Десятки и десятки.

Один из студентов оказался, однако, до того непонятлив, что спросил, а в чем тут выгода.

– Милейший юноша! – круто обернулся к нему Директор. – Неужели вам не ясно? Неужели не яс-но? – Он вознес руку; выражение лица его стало торжественным. – Бокановскизация – одно из главнейших орудий общественной стабильности.

«Главнейших орудий общественной стабильности», – запечатлелось в блокнотах.

– Она дает стандартных людей. Равномерными и одинаковыми порциями. Целый небольшой завод комплектуется выводком из одного бокановскизированного яйца.

– Девяносто шесть тождественных близнецов, работающих на девяноста шести тождественных станках! – Голос у Директора слегка вибрировал от воодушевления. – Тут уж мы стоим на твердой почве. Впервые в истории. «Общность, Одинаковость, Стабильность», – проскандировал он девиз планеты. Величественные слова. – Если бы можно было бокановскизировать беспредельно, то решена была бы вся проблема.

Ее решили бы стандартные гаммы, тождественные дельты, одинаковые эпсилоны. Миллионы однояйцевых, единообразных близнецов. Принцип массового производства, наконец-то примененный к биологии.

– Но, к сожалению, – покачал Директор головой, – идеал недостижим, беспредельно бокановскизировать нельзя.

Девяносто шесть – предел, по-видимому; а хорошая средняя цифра – семьдесят два. Приблизиться же к идеалу (увы, лишь приблизиться) можно единственно тем, что производить побольше бокановскизированных выводков от гамет одного самца, из яйцеклеток одного яичника. Но даже и это – непросто.

– Ибо в природных условиях на то, чтобы яичник дал две сотни зрелых яиц, уходит тридцать лет. Нам же требуется стабилизация народонаселения безотлагательно и постоянно. Производить близнецов через год по столовой ложке, растянув дело на четверть столетия, – куда это годилось бы?

Ясно, что никуда бы это не годилось. Однако процесс созревания в огромной степени ускорен благодаря методике Подснапа. Она обеспечивает получение от яичника не менее полутораста зрелых яиц в короткий срок – в два года. А оплодотвори и бокановскизируй эти яйца – иначе говоря, умножь на семьдесят два, – и полтораста выводков составят в совокупности почти одиннадцать тысяч близнецовых братцев и сестриц с всего лишь двухгодичной максимальной разницей в возрасте.

– В исключительных же случаях удается получить от одного яичника более пятнадцати тысяч взрослых особей.

В это время мимо проходил белокурый, румяный молодой человек. Директор окликнул его: «Мистер Фостер», сделал приглашающий жест. Румяный молодой человек подошел.

– Назовите нам, мистер Фостер, рекордную цифру производительности для яичника.

– В нашем Центре она составляет шестнадцать тысяч двенадцать, – ответил мистер Фостер без запинки, блестя живыми голубыми глазами. Он говорил очень быстро и явно рад был сыпать цифрами. – Шестнадцать тысяч двенадцать – в ста восьмидесяти девяти однояйцевых выводках. Но, конечно, – продолжал он тараторить, – в некоторых тропических Центрах показатели намного выше. Сингапур не раз уже переваливал за шестнадцать тысяч пятьсот, а Момбаса достигла даже семнадцатитысячного рубежа. Но разве это состязание на равных? Видели бы вы, как негритянский яичник реагирует на вытяжку гипофиза! Нас, работающих с европейским материалом, это просто ошеломляет. И все-таки, – прибавил он с добродушным смешком (но в глазах его зажегся боевой огонь, и с вызовом выпятился подбородок), – все-таки мы еще с ними потягаемся. В данное время у меня работает чудесный дельта-минусовый яичник. Всего полтора года как задействован. А уже более двенадцати тысяч семисот детей, раскупоренных или на ленте. И по-прежнему работает вовсю. Мы их еще побьем.

– Люблю энтузиастов! – воскликнул Директор и похлопал мистера Фостера по плечу. – Присоединяйтесь к нам, пусть эти юноши воспользуются вашей эрудицией.

Мистер Фостер скромно улыбнулся:

– С удовольствием.

И все вместе они продолжили обход.

В Укупорочном зале кипела деятельность дружная и упорядоченная. Из подвалов Органохранилища на скоростных грузоподъемниках сюда доставлялись лоскуты свежей свиной брюшины, накроенные под размер. Вззз! И затем: щелк! – крышка подъемника отскакивает; устильщице остается лишь протянуть руку, взять лоскут, вложить в бутыль, расправить, и еще не успела устланная бутыль отъехать, как уже – взз, щелк! – новый лоскут взлетает из недр хранилища, готовый лечь в очередную из бутылей, нескончаемой вереницей следующих по конвейеру.

Тут же за устильщицами стоят зарядчицы. Лента ползет; одно за другим переселяются яйца из пробирок в бутыли: быстрый надрез устилки, легла на место морула, залит солевой раствор... и уже бутыль проехала, и очередь действовать этикетчицам. Наследственность, дата оплодотворения, группа Бокановского – все эти сведения переносятся с пробирки на бутыль. Теперь уже не безымянные, а паспортизованные, бутыли продолжают медленный маршрут и через окошко в стене медленно и мерно вступают в Зал социального предопределения.

– Восемьдесят восемь кубических метров – объем картотеки! – объявил – просмаковал цифру – мистер Фостер при входе в зал.

– Здесь вся относящаяся к делу информация, – прибавил Директор.

– Каждое утро она дополняется новейшими данными.

– И к середине дня увязка завершается.

– На основании которой делаются расчеты нужных контингентов.

– Заявки на таких-то особей таких-то качеств, – пояснил мистер Фостер.

– В таких-то конкретных количествах.

– Задается оптимальный темп раскупорки на текущий момент.

– Непредвиденная убыль кадров восполняется незамедлительно.

– Незамедлительно, – подхватил мистер Фостер. – Знали бы вы, какой сверхурочной работой обернулось для меня послед нее японское землетрясение! – Добродушно засмеявшись, он покачал головой.

– Предопределители шлют свои заявки оплодотворителям.

– И те дают им требуемых эмбрионов.

– И бутыли приходят сюда для детального предопределения.

– После чего следуют вниз, в Эмбрионарий.

– Куда и мы проследуем сейчас.

И, открыв дверь на лестницу, мистер Фостер первым стал спускаться в цокольный этаж.

Температура и тут была тропическая. Сгущался постепенно сумрак. Дверь, коридор с двумя поворотами и снова дверь – чтобы исключить всякое проникновение дневного света.

– Зародыши подобны фотопленке, – юмористически заметил мистер Фостер, толкая вторую дверь. – Иного света, кроме красного, не выносят.

И в самом деле, знойный мрак, в который вступили студенты, рдел зримо, вишнево, как рдеет яркий день сквозь сомкнутые веки. Выпуклые бока бутылей, ряд за рядом уходивших вдаль и ввысь, играли бессчетными рубинами, и среди рубиновых отсветов двигались мглисто-красные призраки мужчин и женщин с багряными глазами и багровыми, как при волчанке, лицами. Приглушенный рокот, гул машин слегка колебал тишину.

– Попотчуйте юношей цифрами, мистер Фостер, – сказал Директор, пожелавший дать себе передышку.

Мистер Фостер с великой радостью принялся потчевать цифрами. Длина Эмбрионария – двести двадцать метров, ширина – двести, высота – десять. Он указал вверх. Как пьющие куры, студенты за драли головы к далекому потолку.

Бесконечными лентами тянулись рабочие линии: нижние, средние, верхние. Куда ни взглянуть, уходила во мрак, растворяясь, стальная паутина ярусов. Неподалеку три красных привидения деловито сружали бутылки с движущейся лестницы.

– Эскалатор этот – из Зала предопределения.

Прибывшая оттуда бутыль ставится на одну из пятнадцати лент, и каждая такая лента является конвейером – ползет неприметно для глаза с часовой скоростью в тридцать три и одну треть сантиметра. Двести шестьдесят семь суток, по восемь метров в сутки. Итого: две тысячи сто тридцать шесть метров. Круговой маршрут внизу, затем по среднему ярусу, еще полкруга по верхнему, а на двести шестьдесят седьмое утро – Зал раскупорки и появление на свет, на дневной свет. Выход в так называемое самостоятельное существование.

– Но и до раскупорки, – заключил мистер Фостер, – мы успеваем плодотворно поработать над ними. О-очень плодотворно, – хохотнул он многозначаще и победоносно.

– Люблю энтузиастов, – похвалил опять Директор. – Теперь пройдемтесь по маршруту. Потчуйте их знаниями, мистер Фостер, не скупитесь.

И мистер Фостер не стал скупиться.

Он поведал им о зародыше, растущем на своей подстилке из брюшины. Дал каждому студенту попробовать насыщенный питательными веществами кровезаменитель, которым кормится зародыш. Объяснил, почему необходима стимулирующая добавка плацентина и тироксина. Рассказал об экстракте желтого тела. Показал инжекторы, посредством которых этот экстракт автоматически впрыскивается через каждые двенадцать метров по всему пути следования вплоть до 2040-го метра. Сказал о постепенно возрастающих дозах гипофизарной вытяжки, вводимых на финальных девяноста шести метрах маршрута. Описал систему искусственного материнского кровообращения, которой оснащается бутыль на 112-м метре, показал резервуар с кровезаменителем и центробежный насос, прогоняющий без остановки эту синтетическую кровь через плаценту, сквозь искусственное легкое и фильтр очистки. Упомянул о неприятной склонности зародыша к малокровию и о необходимых в связи с этим крупных дозах экстрактов свиного желудка и печени лошадиного эмбриона.

Показал им простой механизм, с помощью которого бутыли – на двух последних метрах каждого восьмиметрового отрезка пути – встряхиваются все сразу, чтобы приучить зародышей к движению. Дал понять об опасности так называемой раскупорочной травмы и перечислил принимаемые контрмеры – рассказал о специальной тренировке обутыленных зародышей. Сообщил об определении пола, производимом в районе 200-го метра. Привел условные обозначения: Т – для мужского пола, О – для женского, а для будущих «неплод» – черный вопросительный знак на белом фоне.

– Понятно ведь, – сказал мистер Фостер, – что в подавляющем большинстве случаев плодоспособность является только помехой. Для наших целей был бы, в сущности, вполне достаточен один плодоносящий яичник на каждые тысячу двести женских особей. Но хочется иметь хороший выбор. И разумеется, должен всегда быть обеспечен огромный аварийный резерв плодоспособных яичников. Поэтому мы позволяем целым тридцати процентам женских зародышей развиваться нормально. Остальные же получают дозу мужского полового гормона через каждые двадцать четыре метра дальнейшего маршрута. В результате к моменту раскупорки они уже являются неплодами – в структурном отношении вполне нормальными особями (с той, правда, оговоркой, что у них чуточку заметна тенденция к волосистости щек), но неспособными давать потомство. Гарантированно, абсолютно неспособными. Что наконец-то позволяет нам, – продолжал мистер Фостер, – перейти из сферы простого рабского подражания природе в куда более увлекательный мир человеческой изобретательности.

Он удовлетворенно потер руки.

– Вынашивать плод и корова умеет; довольствоваться этим мы не можем. Сверх этого мы предопределяем и приспособляем, формируем. Младенцы наши раскупориваются уже подготовленными к жизни в обществе – как альфы или эпсилоны, как будущие работники канализационной сети или же как будущие... – Он хотел было сказать «Главноуправители», но вовремя поправился: – Как будущие директора инкубаториев.

Директор улыбкой поблагодарил за комплимент.

Остановились далее у ленты 11, на 320-м метре. Молодой техник, бета-минусовик, настраивал там отверткой и гаечным ключом кровенасос очередной бутыли. Он затягивал гайки, и гул электромотора понижался, густел понемногу. Ниже, ниже... Последний поворот ключа, взгляд на счетчик – и дело сделано. Затем два шага вдоль конвейера – и началась настройка *следующего* насоса.

– Убавлено число оборотов, – объяснил мистер Фостер. – Кровезаменитель циркулирует теперь медленнее; следовательно, реже проходит через легкое; следовательно, дает зародышу меньше кислорода. А ничто так не снижает умственно-телесный уровень, как нехватка кислорода.

– А зачем нужно снижать уровень? – спросил один наивный студент.

Длинная пауза.

– Осел! – произнес Директор. – Как это не сообразить, что у эпсилон-зародыша должна быть не только наследственность эпсилона, но и питательная среда эпсилона.

Несообразительный студент готов был сквозь землю провалиться от стыда.

– Чем ниже каста, – сказал мистер Фостер, – тем меньше поступление кислорода. Нехватка прежде всего действует на мозг. Затем на скелет. При семидесяти процентах кислородной нормы получаются карлики. А ниже семидесяти – безглазые уроды, которые ни к чему уж не пригодны, – отметил мистер Фостер. – А вот изобрети мы только, – мистер Фостер взволнованно и таинственно понизил голос, – найди мы только способ сократить время взросления, и какая бы это была победа, какое благо для Общества! Обратимся для сравнения к лошади.

Слушатели обратились мыслями к лошади.

В шесть лет она уже взрослая. Слон взрослеет к десяти годам. А человек и к тринадцати еще не созрел сексуально; полностью же вырастает к двадцати. Отсюда и этот продукт замедленного развития – человеческий разум.

– Но от эпсилонов, – весьма убедительно вел далее мысль мистер Фостер, – нам человеческий разум не требуется.

Не требуется – стало быть, и не формируется. Но, хотя мозг эпсилона кончает развитие в десятилетнем возрасте, тело эпсилона лишь к восемнадцати годам созревает для взрослой работы. Долгие потерянные годы непроизводительной незрелости. Если бы физическое развитие можно было ускорить, сделать таким же незамедленным, как, скажем, у коровы, – какая бы гигантская получилась экономическая выгода для Общества!

– Гигантская! – шепотом воскликнули студенты, зараженные энтузиазмом мистера Фостера.

Он углубился в ученые детали: повел речь об анормальной координации эндокринных желез, вследствие которой люди и растут так медленно; ненормальность эту можно объяснить зародышевой мутацией. А можно ли устранить последствия этой мутации? Можно ли с помощью надлежащей методики вернуть каждый отдельный эпсилон-зародыш к былой нормальной, как у собак и у коров, скорости развития? Вот в чем проблема. И ее уже чуть было не решили.

Пилкингтону удалось в Момбасе получить особи, половозрелые к четырем годам и вполне выросшие к шести с половиной. Триумф науки! Но в общественном аспекте бесполезный. Шестилетние мужчины и женщины слишком глупы – не справляются даже с работой эпсилонов. А метод Пилкингтона таков, что середины нет – либо все, либо ничего не получаешь, никакого сокращения сроков. В Момбасе продолжаются поиски золотой середины между взрослением в двадцать и взрослением в шесть лет. Но пока – безуспешные. Мистер Фостер вздохнул и покачал головой.

Странствия в вишневом сумраке привели студентов к ленте 9, к 170-му метру. Начиная от этой точки, лента 9 была закрыта с боков и сверху; бутыли совершали дальше свой маршрут как бы в туннеле; лишь кое-где виднелись открытые промежутки в два-три метра длиной.

11

– Формирование любви к теплу, – сказал мистер Фостер. – Горячие туннели чередуются с прохладными. Прохлада связана с дискомфортом в виде жестких рентгеновских лучей. К моменту раскупорки зародыши уже люто боятся холода. Им предназначено поселиться в тропиках или стать горнорабочими, прясть ацетатный шелк, плавить сталь. Телесная боязнь холода будет позже подкреплена воспитанием мозга. Мы приучаем их тело благоденствовать в тепле. А наши коллеги на верхних этажах внедрят любовь к теплу в их сознание, – заключил мистер Фостер.

– И в этом, – добавил назидательно Директор, – весь секрет счастья и добродетели: люби то, что тебе предначертано. Все воспитание тела и мозга как раз и имеет целью привить людям любовь к их неизбежной социальной судьбе.

В одном из межтуннельных промежутков действовала шприцем медицинская сестра – осторожно втыкала длинную тонкую иглу в студенистое содержимое очередной бутыли. Студенты и оба наставника с минуту понаблюдали за ней молча.

– Привет, Линайна, – сказал мистер Фостер, когда она вынула наконец иглу и распрямилась. Девушка, вздрогнув, обернулась. Даже в этой мгле, багрянившей ее глаза и кожу, видно было, что она необычайно хороша собой – как куколка.

– Генри! – Она блеснула на него алой улыбкой, коралловым ровным оскалом зубов.

– О-ча-ро-ва-тель-на, – заворковал Директор, ласково потрепал ее сзади, и в ответ девушка его тоже одарила улыбкой, но весьма почтительной.

– Какие производишь инъекции? – спросил мистер Фостер уже сугубо деловым тоном.

– Да обычные уколы – от брюшного тифа и сонной болезни.

– Работников для тропической зоны начинаем колоть на 150-м метре, – объяснил мистер Фостер студентам, – когда у зародыша еще жабры. Иммунизируем рыбу против болезней будущего человека. – И, повернувшись опять к Линайне, сказал ей: – Сегодня, как всегда, без десяти пять на крыше.

– Очаровательна, – бормотнул снова Директор, дал прощальный шлепочек и отошел, присоединился к остальным.

У грядущего поколения химиков – у длинной вереницы бутылей на ленте 10 – формировалась стойкость к свинцу, каустической соде, смолам, хлору. На ленте 3 партия из двухсот пятидесяти зародышей, предназначенных в бортмеханики ракетопланов, как раз подошла к тысяча сотому метру. Специальный механизм безостановочно переворачивал эти бутыли.

– Чтобы усовершенствовать их чувство равновесия, – разъяснил мистер Фостер. – Работа их ждет сложная: производить ремонт на внешней обшивке ракеты во время полета непросто. При нормальном положении бутыли скорость кровотока мы снижаем, и в это время организм зародыша голодает; зато в момент, когда бутыль повернут вниз головой, мы удваиваем приток кровезаменителя. Они приучаются связывать перевернутое положение с отличным самочувствием, и счастливы они по-настоящему бывают в жизни лишь тогда, когда находятся вверх тормашками. А теперь, – продолжал мистер Фостер, – я хотел бы показать вам кое-какие весьма интересные приемы формовки интеллектуалов альфа-плюс. Сейчас пропускаем по ленте 5 большую их партию. Нет, не на нижнем ярусе – на среднем, – остановил он двух студентов, двинувшихся было вниз. – Это в районе 900-го метра, – пояснил он. – Формовку интеллекта практически бесполезно начинать прежде, чем зародыш становится бесхвостым. Пойдемте.

Но Директор уже поглядел на часы.

– Без десяти минут три, – сказал он. – К сожалению, на интеллектуалов у нас не осталось времени. Нужно подняться в Питомник до того, как у детей кончится мертвый час.

Мистер Фостер огорчился.

– Тогда хоть на минуту заглянем в Зал раскупорки, – сказал он просяще.

– Согласен. – Директор снисходительно улыбнулся. – Но только на минуту.

Глава вторая

Оставив мистера Фостера в Зале раскупорки, Директор и студенты вошли в ближайший лифт и поднялись на шестой этаж.

«МЛАДОПИТОМНИК. ЗАЛЫ НЕОПАВЛОВСКОГО ФОРМИРОВАНИЯ РЕФЛЕКСОВ» – гласила доска при входе.

Директор открыл дверь. Они очутились в большом голом зале, очень светлом и солнечном: южная стена его была одно сплошное окно. Пять или шесть нянь в форменных брючных костюмах из белого вискозного полотна и в белых асептических, скрывающих волосы шапочках были заняты тем, что расставляли на полу цветы. Ставили в длинную линию большие вазы, переполненные пышными розами. Лепестки их были шелковисто-гладки, словно щеки тысячного сонма ангелов – нежно-румяных индоевропейских херувимов, и лучезарно-чайных китайчат, и мексиканских смуглячков, и пурпурных от чрезмерного усердия небесных трубачей, и ангелов, бледных как смерть, бледных мраморной надгробной белизною.

Директор вошел – няни встали смирно.

– Книги по местам, – сказал он коротко.

Няни без слов повиновались. Между вазами они разместили стоймя и раскрыли большеформатные детские книги, манящие пестро раскрашенными изображениями зверей, рыб, птиц.

– Привезти ползунков.

Няни побежали выполнять приказание и минуты через две возвратились; каждая катила высокую, в четыре сетчатых этажа, тележку, груженную восьмимесячными младенцами, как две капли похожими друг на друга (явно – из одной группы Бокановского) и одетыми все в хаки (отличительный цвет касты «дельта»).

– Снять на пол.

Младенцев сгрузили с проволочных сеток.

– Повернуть лицом к цветам и книгам.

Завидя книги и цветы, детские шеренги смолкли и двинулись ползком к этим скоплениям цвета, к этим красочным образам, таким празднично-пестрым на белых страницах. А тут и солнце вышло из-за облачка. Розы вспыхнули, точно воспламененные внезапной страстью; глянцевитые страницы книг как бы озарились новым и глубинным смыслом. Младенцы поползли быстрей, возбужденно попискивая, гукая и щебеча от удовольствия.

– Превосходно! – сказал Директор, потирая руки. – Как по заказу получилось.

Самые резвые из ползунков достигли уже цели. Ручонки протянулись неуверенно, дотронулись, схватили, обрывая лепестки преображенных солнцем роз, комкая цветистые картинки. Директор подождал, пока все дети не присоединились к этому радостному занятию. Затем: – Следите внимательно! – сказал он студентам. И подал знак вскинутой рукой.

Старшая няня, стоявшая у щита управления в другом конце зала, включила рубильник.

Что-то бахнуло, загрохотало. Завыла сирена, с каждой секундой все пронзительнее. Бешено зазвенели сигнальные звонки.

Дети трепыхнулись, заплакали в голос; личики их исказились от ужаса.

– А сейчас, – не сказал, а прокричал Директор (ибо шум стоял оглушительный), – сейчас мы слегка подействуем на них электротоком, чтобы закрепить преподанный урок.

Он опять взмахнул рукой, и Старшая включила второй рубильник. Плач детей сменился отчаянными воплями. Было что-то дикое, почти безумное в их резких, судорожных вскриках. Детские тельца вздрагивали, цепенели; руки и ноги дергались, как у марионеток.

– Весь этот участок пола теперь под током, – проорал Директор в пояснение. – Но достаточно, – подал он знак Старшей.

Грохот и звон прекратились, вой сирены стих, иссяк. Тельца перестали дергаться, бесноватые вскрики и взрыды перешли в прежний нормальный перепуганный рев.

— Предложить им снова цветы и книги.

Няни послушно подвинули вазы, раскрыли картинки; но при виде роз и веселых кисок-мурок, петушков — золотых гребешков и черненьких бяшек дети съежились в ужасе; рев моментально усилился.

— Видите! — сказал Директор торжествующе. — Видите!

В младенческом мозгу книги и цветы уже опорочены, связаны с грохотом, электрошоком; а после двухсот повторений того же или сходного урока связь эта станет нерасторжимой. Что человек соединил, природа разделить бессильна.

— Они вырастут, неся в себе то, что психологи когда-то называли «инстинктивным» отвращением к природе. Рефлекс, привитый на всю жизнь. Мы их навсегда обезопасим от книг и от ботаники. — Директор повернулся к няням: — Увезти.

Все еще ревущих младенцев в хаки погрузили на тележки и укатили, остался только кисло-молочный запах, и наконец-то наступила тишина.

Один из студентов поднял руку: он, конечно, вполне понимает, почему нельзя, чтобы низшие касты расходовали время Общества на чтение книг, и притом они всегда ведь рискуют прочесть что-нибудь могущее нежелательно расстроить тот или иной рефлекс, но вот цветы... насчет цветов неясно. Зачем класть труд на то, чтобы для дельт сделалась психологически невозможной любовь к цветам?

Директор терпеливо стал объяснять. Если младенцы теперь встречают розу ревом, то прививается это из высоких экономических соображений. Не так еще давно (лет сто назад) у гамм, дельт и даже у эпсилонов культивировалась любовь к цветам — и к природе вообще. Идея была та, чтобы в часы досуга их непременно тянуло за город, в лес и поле, и таким образом они загружали бы транспорт.

— И что же, разве они не пользовались транспортом? — спросил студент.

— Транспортом-то пользовались, — ответил Директор. — Но на этом хозяйственная польза и кончалась.

У цветочков и пейзажей тот существенный изъян, что это блага даровые, подчеркнул Директор. Любовь к природе не загружает фабрики заказами. И решено было отменить любовь к природе — во всяком случае, у низших каст; отменить, но так, чтобы загрузка транспорта не снизилась. Оставалось существенно важным, чтобы за город ездили по-прежнему, хоть и питая отвращение к природе. Требовалось лишь подыскать более разумную с хозяйственной точки зрения причину для пользования транспортом, чем простая тяга к цветочкам и пейзажам. И причина была подыскана.

— Мы прививаем массам нелюбовь к природе. Но одновременно мы внедряем в них любовь к загородным видам спорта. Причем именно к таким, где необходимо сложное оборудование. Чтобы не только транспорт был загружен, но и фабрики спортивного инвентаря. Вот из чего проистекает связь цветов с электрошоком, — закруглил мысль Директор.

— Понятно, — произнес студент и смолк — в безмолвном восхищении.

Пауза; откашлявшись, Директор заговорил опять:

— В давние времена, еще до успения Господа нашего Форда, жил-был мальчик по имени Рувим Рабинович. Родители Рувима говорили по-польски. — Директор приостановился. — Полагаю, вам известно, что такое «польский»?

— Это язык, мертвый язык.

— Как и французский, и как немецкий, — поспешил другой студент выказать свои познания.

— А «родители»? — вопросил Директор.

Неловкое молчание. Иные из студентов покраснели. Они еще не научились проводить существенное, но зачастую весьма тонкое различие между непристойностями и строго научной терминологией. Наконец один набрался храбрости и поднял руку.

— Люди были раньше... — Он замялся; щеки его залила краска. — Были, значит, живородящими.

— Совершенно верно. — Директор одобрительно кивнул.

— И когда у них дети раскупоривались...

— Рождались, — поправил Директор.

— Тогда, значит, они становились родителями — то есть не дети, конечно, а те, у кого... — Бедный юноша смутился окончательно.

— Короче, — резюмировал Директор, — родителями назывались отец и мать.

Гулко упали (трах! тарах!) в сконфуженную тишину эти ругательства, а в данном случае — научные термины.

— Мать, — повторил Директор громко, закрепляя термин, и, откинувшись в кресле, веско сказал: — Факты это неприятные, согласен. Но большинство исторических фактов принадлежит к разряду неприятных. Однако вернемся к Рувиму. Как-то вечером отец и мать (трах! тарах!) забыли выключить в комнате у Рувима радиоприемник. А вы должны помнить, что тогда, в эпоху грубого живородящего размножения, детей растили их родители, а не государственные воспитательные центры.

Мальчик спал, а в это время неожиданно в эфире зазвучала передача из Лондона; и на следующее утро, к изумлению его отца и матери (те из юнцов, что посмелей, отважились поднять глаза, перемигнуться, ухмыльнуться), проснувшийся Рувимчик слово в слово повторил переданную по радио длинную беседу Джорджа Бернарда Шоу. («Это старинный писатель-чудак — один из весьма немногих литераторов, чьим произведениям было позволено дойти до нас».) По преданию, довольно достоверному, в тот вечер темой беседы была его, Шоу, гениальность. Рувимовы отец и мать (перемигивание, тайные смешки) ни слова, конечно, не поняли и, вообразив, что их ребенок сошел с ума, позвали врача. К счастью, тот понимал по-английски, распознал текст вчерашней радиобеседы, уразумел важность случившегося и послал сообщение в медицинский журнал.

— Так открыли принцип гипнопедии, то есть обучения во сне. — Директор сделал внушительную паузу.

Открыть-то открыли; но много, много еще лет минуло, прежде чем нашли этому принципу полезное применение.

— Происшествие с Рувимом случилось всего лишь через двадцать три года после того, как Господь наш Форд выпустил на автомобильный рынок первую модель Т. — При сих словах Директор перекрестил себе живот знаком Т, и все студенты набожно последовали примеру. — Но прошло еще...

Карандаши с бешеной быстротой бегали по бумаге. «Гипнопедия впервые официально применена в 214 г. Э. Ф. Почему не раньше? По двум причинам. 1)...»

— Эти ранние экспериментаторы, — говорил Директор, — действовали в ложном направлении. Они полагали, что гипнопедию можно сделать средством образования...

(Малыш, спящий на правом боку; правая рука свесилась с кроватки. Из репродуктора, из сетчатого круглого отверстия, звучит тихий голос:

— Нил — самая длинная река в Африке и вторая по длине среди рек земного шара. Хотя Нил и короче Миссисипи-Миссури, но он стоит на первом месте по протяженности бассейна, раскинувшегося на 35 градусов с юга на север...

Утром, когда малыш завтракает, его спрашивают:

— Томми, а какая река в Африке длиннее всех, ты знаешь?

«Нет», — мотает головой Томми.

– Но разве ты не помнишь, как начинается: «Нил – самая...»

«Нил-самая-длинная-река-в-Африке-и-вторая-по-длине-среди-рек-земного-шара. – Слова льются потоком. – Хотя-Нил-и-короче...»

– Так какая же река длиннее всех в Африке?

Глаза мальчугана ясны и пусты.

– Не знаю.

– А как же Нил?

– «Нил-самая-длинная-река-в-Африке-и-вторая...»

– Ну, так какая же река длинней всех – а, Томми?

Томми разражается слезами.

– Не знаю, – ревет он.)

Этот горестный рев обескураживал ранних исследователей, подчеркнул Директор. Эксперименты прекратились. Были оставлены попытки дать детям во сне понятие о длине Нила. И правильно сделали, что бросили эти попытки. Нельзя усвоить науку без понимания, без вникания в смысл.

– Но вот если бы они занялись нравственным воспитанием, – говорил Директор, ведя студентов к двери, а те продолжали поспешно записывать и на ходу, и пока подымались в лифте, – вот нравственное-то воспитание никогда, ни в коем случае не должно основываться на понимании.

«Тише! Тише!» – зашелестел репродуктор, когда они вышли из лифта на пятнадцатом этаже, и это шелестение сопровождало их по коридорам, неустанно исходя из раструба репродукторов, размещенных через равные промежутки. Студенты и даже сам Директор невольно пошли на цыпочках. Все они, конечно, были альфы; но и у альф рефлексы выработаны неплохо. «Тише! Тише!» – весь пятнадцатый этаж шелестел этим категорическим императивом.

Пройдя на цыпочках шагов сто, Директор осторожно открыл дверь. Они вошли и оказались в сумраке зашторенного спального зала. У стены стояли в ряд восемьдесят кроваток. Слышалось легкое, ровное дыхание и некий непрерывный бормоток, точно слабенькие голоса журчали в отдалении.

Навстречу вошедшим встала воспитательница и застыла навытяжку перед Директором.

– Какой проводите урок? – спросил он.

– Первые сорок минут были уделены началам секса, – ответила она. – А теперь переключила на основы кастового самосознания.

Директор медленно пошел вдоль шеренги кроваток. Восемьдесят мальчиков и девочек тихо дышали, разрумянившись от сна. Из-под каждой подушки тек шепот. Директор остановился и, нагнувшись над кроваткой, вслушался.

– Основы, говорите вы, кастового самосознания. Дадим-ка чуть погромче – через рупор.

В конце зала, на стене, был укреплен громкоговоритель. Директор подошел, включил его.

– ...ходят в зеленом, – с полуфразы начал тихий, но очень отчетливый голос, – а дельты – в хаки. Нет, нет, не хочу я играть с детьми-дельтами. А эпсилоны еще хуже. Они вовсе глупые, ни читать, ни писать не умеют. Да еще ходят в черном, а это такой гадкий цвет. Как хорошо, что я бета.

Голос помолчал – и начал снова:

– Дети-альфы ходят в сером. У альф работа гораздо трудней, чем у нас, потому что альфы страшно умные. Прямо чудесно, что я бета, что у нас работа легче. И мы гораздо лучше гамм и дельт. Гаммы глупые. Они ходят в зеленом, а дельты в хаки. Нет, нет, не хочу я играть с детьми-дельтами. А эпсилоны еще хуже. Они вовсе глупые, ни...

Директор нажал выключатель. Голос умолк. Остался только его призрак – слабый шепот, по-прежнему идущий из-под восьмидесяти подушек.

— До подъема им повторят это еще разочков сорок или пятьдесят; затем снова в четверг и в субботу. Трижды в неделю по сто двадцать раз в продолжение тридцати месяцев. После чего они перейдут к другому, усложненному уроку.

Розы и электрошок, дельты в хаки и струя чесночной вони — эта связь уже нерасторжимо закреплена, прежде чем ребенок научится говорить. Но бессловесное внедрение рефлексов действует грубо, огульно; с помощью его нельзя сформировать более тонкие и сложные шаблоны поведения. Для этой цели требуются слова, но вдумывания не нужно. Короче — требуется гипнопедия.

— Величайшая нравоучительная сила всех времен, готовящая к жизни в обществе.

Студенты записали это изречение в блокноты. Прямехонько из мудрых уст.

Директор опять включил рупор.

— ...страшно умные, — работал тихий, задушевный, неутомимый голос. — Прямо чудесно, что я бета, что у нас...

Словно это падает вода капля за каплей, а ведь вода способна проточить самый твердый гранит; или, вернее, словно капает жидкий сургуч, и капли налипают, обволакивают и пропитывают, покуда бывший камень весь не обратится в ало-восковой комок.

— Покуда наконец все сознание ребенка не заполнится тем, что внушил голос, и то, что внушено, не станет в сумме своей сознанием ребенка. И не только ребенка. А и взрослого — на всю жизнь. Мозг рассуждающий, желающий, решающий — весь насквозь будет состоять из того, что внушено. Внушено нами! — воскликнул Директор торжествуя. — Внушено Государством! — Он ударил рукой по столику. — И следовательно...

Шум заставил его обернуться.

— О Господи Форде! — произнес он сокрушенно. — Надо же, детей перебудил.

Глава третья

За зданием, в парке, было время игр. Под теплым июньским солнцем шестьсот – семьсот голеньких мальчиков и девочек бегали со звонким криком по газонам, играли в мяч или же уединялись по двое и по трое, присев и примолкнув в цветущих кустах. Благоухали розы, два соловья распевали в ветвях, кукушка куковала среди лип, слегка сбиваясь с тона. В воздухе плавало дремотное жужжание пчел и вертопланов.

Директор со студентами постояли, понаблюдали, как детвора играет в центробежную лапту. Десятка два детей окружали башенку из хромистой стали. Мяч, закинутый на верхнюю ее площадку, скатывался внутрь и попадал на быстро вертящийся диск, так что мяч выбрасывало с силой через одно из многих отверстий в цилиндрическом корпусе башни, а дети, вставшие кружком, ловили.

– Странно, – заразмышлял вслух Директор, когда пошли дальше, – странно подумать, что даже при Господе нашем Форде для большинства игр еще не требовалось ничего, кроме одного-двух мячей да нескольких клюшек или там сетки. Какая это была глупость – допускать игры, пусть и замысловатые, но нимало не способствующие росту потребления. Дикая глупость. Теперь же Главноуправители не разрешают никакой новой игры, не удостоверясь прежде, что для нее необходимо по крайней мере столько же спортивного инвентаря, как для самой сложной из уже допущенных игр... Что за очаровательная парочка, – указал он вдруг рукой. В траве на лужайке среди древовидного вереска двое детей – мальчик лет семи и девочка примерно годом старше – очень сосредоточенно, со всей серьезностью ученых, углубившихся в научный поиск, играли в примитивную сексуальную игру.

– Очаровательно, очаровательно! – повторил сентиментально Директор.

– Очаровательно, – вежливо поддакнули юнцы. Но в улыбке их сквозило снисходительное презрение. Сами лишь недавно оставив позади подобные детские забавы, они не могли теперь смотреть на это иначе как свысока. Очаровательно? Да просто малыши балуются, и больше ничего. Возня младенческая.

– Я всегда вспоминаю... – продолжал Директор тем же слащавым тоном; но тут послышался громкий плач.

Из соседних кустов вышла няня, ведя за руку плачущего мальчугана. Следом семенила встревоженная девочка.

– Что случилось? – спросил Директор.

Няня пожала плечами.

– Ничего особенного, – ответила она. – Просто этот мальчик не слишком охотно участвует в обычной эротической игре. Я уже и раньше замечала. А сегодня опять. Расплакался вот...

– Ей-форду, – встрепенулась девочка, – я ничего такого нехорошего ему не делала. Ей-форду.

– Ну конечно же, милая, – успокоила ее няня. – И теперь, – продолжала она, обращаясь к Директору, – веду его к помощнику Старшего психолога, чтобы проверить, нет ли каких ненормальностей.

– Правильно, ведите, – одобрил Директор, и няня направилась дальше со своим по-прежнему ревущим питомцем. – А ты останься в саду, деточка. Как тебя зовут?

– Полли Троцкая.

– Превосходнейшее имя, – похвалил Директор. – Беги-ка поищи себе другого напарничка.

Девочка вприпрыжку побежала прочь и скрылась в кустарнике.

– Прелестная малютка, – молвил Директор, глядя ей вслед. Затем, повернувшись к студентам, сказал: – То, что я вам сообщу сейчас, возможно, прозвучит как небылица. Но для непривычного уха факты исторического прошлого в большинстве своем звучат как небылица.

И он сообщил им поразительную вещь. В течение долгих столетий до Эры Форда и даже потом еще на протяжении нескольких поколений эротические игры детей считались чем-то ненормальным (взрыв смеха) и, мало того, аморальным («Да что вы!») и были поэтому под строгим запретом.

Студенты слушали изумленно и недоверчиво. Неужели бедным малышам не позволяли забавляться? Да как же так?

– Даже подросткам не позволяли, – продолжал Директор, – даже юношам, как вы...

– Быть того не может!

– И они, за исключением гомосексуализма и самоуслаждения, практикуемых украдкой и урывками, не имели ровно ничего.

– Ни-че-го?

– Да, в большинстве случаев ничего – до двадцатилетнего возраста.

– Двадцатилетнего? – хором ахнули студенты, не веря своим ушам.

– Двадцатилетнего, а то и дольше. Я ведь говорил вам, что историческая правда прозвучит как небылица.

– И к чему ж это вело? – спросили студенты. – Что же получалось в результате?

– Результаты были ужасающие, – неожиданно вступил в разговор звучный бас.

Они оглянулись. Сбоку стоял незнакомый черноволосый человек среднего роста – горбоносый, с сочными красными губами, с глазами очень проницательными и темными.

– Ужасающие, – повторил он.

Директор, присевший было на одну из каучуково-стальных скамей, удобно размещенных там и сям по парку, вскочил при виде незнакомца и ринулся к нему, широко распахнув руки, скаля все свои зубы, шумно ликуя.

– Главноуправитель! Какая радостная неожиданность! Представьте себе, юноши, – сам Главноуправитель, его фордейшество Мустафа Монд!

Во всех четырех тысячах залов и комнат Центра четыре тысячи электрических часов одновременно пробили четыре. Зазвучали из репродукторов бесплотные голоса:

– Главная дневная смена кончена. Заступает вторая дневная. Главная дневная смена...

В лифте, поднимаясь к раздевальням, Генри Фостер и помощник Главного предопределителя подчеркнуто повернулись спиной к Бернарду Марксу, специалисту из отдела психологии, – отстранились от человечка со скверной репутацией.

Глухой рокот и гул машин по-прежнему колебал вишнево-сумрачную тишь Эмбрионария. Смены могут приходить и уходить, одно лицо волчаночного цвета сменяться другим; но величаво и безостановочно ползут вперед конвейерные ленты, груженные будущими людьми.

Линайна Краун упругим шагом пошла к выходу.

Его фордейшество Мустафа Монд! Глаза дружно приветствующих студентов чуть не выскакивали из орбит. Мустафа Монд! Постоянный Главноуправитель Западной Европы! Один из десяти Главноуправителей мира. Один из десяти – а запросто сел на скамью рядом с Директором и посидит, побудет с ними, побеседует... да, да, они услышат слова из фордейших уст. Считай, из самих уст Господних.

Двое детишек, бурых от загара, как вареные креветки, явились из зарослей, поглядели большими удивленными глазами и вернулись в кусты к прежним играм.

– Все вы помните, – сказал Главноуправитель своим звучным басом, – все вы, я думаю, помните прекрасное и вдохновенное изречение Господа нашего Форда: «История – сплошная чушь». История, – повторил он не спеша, – сплошная чушь.

Он сделал сметающий жест – словно невидимой метёлкой смахнул горсть пыли, и пыль та была Ур Халдейский и Хараппа; смёл древние паутинки, и то были Фивы, Вавилон, Кносс, Микены. Ширк, ширк метелочкой – и где ты, Одиссей, где Иов, где Юпитер, Гаутама, Иисус? Ширк! – и прочь полетели крупинки античного праха, именуемые Афинами и Римом, Иерусалимом и Срединным царством. Ширк! – и пусто место, где была Италия. Ширк! – сметены соборы; ширк, ширк! – прощай, «Король Лир» и Паскалевы «Мысли». Прощайте, «Страсти», ау, Реквием; прощай, Симфония; ширк! ширк!..

– Летишь вечером в ощущалку, Генри? – спросил помощник Предопределителя. – Я слышал, сегодня в «Альгамбре» первоклассная новая лента. Там любовная сцена есть на медвежьей шкуре; говорят, изумительная. Воспроизведен каждый медвежий волосок. Потрясающие осязательные эффекты.

– Потому-то вам и не преподают историю, – продолжал Главноуправитель. – Но теперь пришло время…

Директор взглянул на него обеспокоенно. Ходят ведь странные слухи о старых запрещенных книгах, спрятанных у Монда в кабинете, в сейфе. Поэзия, библии всякие – форд знает что.

Мустафа Монд заметил этот беспокойный взгляд, и уголки его красных губ иронически дернулись.

– Не тревожьтесь, Директор, – сказал он с легкой насмешкой. – Они не развратятся от моей беседы.

Директор устыженно промолчал.

Презирающих тебя сам встречай презрением. На лице Бернарда застыла надменная улыбка. Медвежий волосок – вот что они ценят!

– Обязательно слетаю, – сказал Генри Фостер.

Мустафа Монд подался вперед, к слушателям, потряс поднятым пальцем.

– Вообразите только, – произнес он таким тоном, что у юнцов под ложечкой похолодело, за дрожала. – Попытайтесь вообразить, что это означало – иметь живородящую мать.

Опять это непристойное слово. Но теперь ни у кого на лице не мелькнуло и тени улыбки.

– Попытайтесь лишь представить, что означало «жить в семье».

Студенты попытались; но видно было, что без всякого успеха.

– А известно ли вам, что такое был «родной дом»?

«Нет», – покачали они головой.

Из своего сумрачно-вишневого подземелья Линайна Краун взлетела в лифте на семнадцатый этаж и, выйдя там, повернула направо, прошла длинный коридор, открыла дверь с табличкой «Женская раздевальная» и окунулась в шум, гомон, хаос рук, грудей и женского белья. Потоки горячей воды с плеском вливались в сотню ванн, с бульканьем выливались. Все восемьдесят вибровакуумных массажных аппаратов трудились, гудя и шипя, разминая, сосуще массируя тугие загорелые тела восьмидесяти превосходных экземпляров женской особи, наперебой галдящих. Из автомата синтетической музыки звучала сольная трель суперкорнета.

– Привет, Фанни, – поздоровалась Линайна с молоденькой своей соседкой по шкафчику.

Фанни работала в Укупорочном зале; фамилия ее была тоже Краун. Но поскольку на два миллиарда жителей планеты приходилось всего десять тысяч имен и фамилий, это совпадение не столь уж поражало.

Линайна четырежды дернула книзу свои застежки-молнии: на курточке, справа и слева на брюках (быстрым движением обеих рук) и на комбилифчике. Сняв одежду, она в чулках и туфлях пошла к ванным кабинам.

Родной, родимый дом – в комнатенках его, как сельди в бочке, обитатели: мужчина, периодически рожающая женщина и разновозрастный сброд мальчишек и девчонок. Духота, теснота; настоящая тюрьма, притом антисанитарная; темень, болезни, вонь.

(Главноуправитель рисовал эту тюрьму так живо, что один студент, повпечатлительнее прочих, побледнел и его чуть не стошнило.)

* * *

Линайна вышла из ванны, обтерлась насухо, взялась за длинный, свисающий со стены шланг, приставила дульце к груди, точно собираясь застрелиться, и нажала гашетку. Струя подогретого воздуха обдула ее тончайшей тальковою пудрой. Восемь особых краников предусмотрено было над раковиной — восемь разных одеколонов и духов. Она отвернула третий слева, надушилась «Шипром» и, с туфлями в руке, направилась из кабины к освободившемуся виброваку.

А в духовном смысле родной дом был так же мерзок и грязен, как в физическом. Психологически это была мусорная яма, кроличья нора, жарко нагретая взаимным трением спершихся в ней жизней, смердящая душевными переживаниями. Какая душная психологическая близость, какие опасные, дикие, смрадные взаимоотношения между членами семейной группы! Как помешанная, тряслась мать над своими детьми (своими! родными!) – ни дать ни взять как кошка над котятами, но кошка, умеющая говорить, умеющая повторять без устали: «Моя детка, моя крохотка». «О моя детка, как он проголодался, прильнул к груди, о эти ручонки, эта невыразимо сладостная мука! А вот и уснул моя крохотка, уснул моя детка, и на губах белеет пузырик молока. Спит мой родной…»

– Да, – покивал головой Мустафа Монд, – вас недаром дрожь берет.

* * *

– С кем развлекаешься сегодня вечером?
– Ни с кем.

Линайна удивленно подняла брови.

– В последнее время я как-то не так себя чувствую, – объяснила Фанни. – Доктор Уэллс прописал мне курс псевдобеременности.

– Но, милая, тебе всего только девятнадцать. А первая беременность не обязательна до двадцати одного года.

– Знаю, милочка. Но некоторым полезно начать раньше. Мне доктор Уэллс говорил, что таким, как я, брюнеткам с широким тазом следует пройти первую псевдобеременность уже в семнадцать лет. Так что я не на два года раньше времени, а уже с опозданием на два года.

Открыв дверцу своего шкафчика, Фанни указала на верхнюю полку, уставленную коробочками и флаконами.

– «Сироп желтого тела, – стала Линайна читать этикетки вслух. – Оварин, свежесть гарантируется; годен до 1 августа 632 г. Э. Ф. Экстракт молочной железы, принимать три раза день перед едой, разведя в небольшом количестве воды. Плацентин: по 5 миллилитров через каждые два дня внутривенно...» Брр! – поежилась Линайна. – Ненавижу внутривенные.

– И я их не люблю. Но раз они полезны...

Фанни была девушка чрезвычайно благоразумная.

* * *

Господь наш Форд – или Фрейд, как он по неисповедимой некой причине именовал себя, трактуя о психологических проблемах, – Господь наш Фрейд первый раскрыл гибельные опасности семейной жизни. Мир кишел отцами – а значит, страданиями; кишел матерями – а значит, извращениями всех сортов, от садизма до целомудрия, кишел братьями, сестрами, дядьями, тетками – кишел помешательствами и самоубийствами

– А в то же время у самоанских дикарей, на некоторых островах близ берегов Новой Гвинеи...

Тропическим солнцем, словно горячим медом, облиты нагие тела детей, резвящихся и обнимающихся без разбора среди цветущей зелени. А дом для них – любая из двадцати хижин, крытых пальмовыми листьями. На островах Тробриан зачатие приписывали духам предков; об отцовстве, об отцах там не было и речи.

– Крайности сходятся, – отметил Главноуправитель. – Ибо так и задумано было, чтобы они сходились.

– Доктор Уэллс сказал, что трехмесячный курс псевдобеременности поднимет тонус, оздоровит меня на три-четыре года.

– Что ж, если так, – сказала Линайна. – Но, Фанни, выходит, ты целых три месяца не должна будешь...

– Ну что ты, милая. Всего неделю-две, не больше. Я проведу сегодня вечер в клубе, за музыкальным бриджем. А ты, конечно, полетишь развлекаться?

Линайна кивнула.

– С кем сегодня?

– С Генри Фостером.

– Опять? – сказала Фанни с удивленно-нахмуренным выражением, не идущим к ее круглому, как луна, добродушному лицу. – Неужели ты до сих пор все с Генри Фостером? – укорила она огорченно.

Отцы и матери, братья и сестры. Но были еще и мужья, жены, возлюбленные. Было еще единобрачие и романтическая любовь.

– Впрочем, вам эти слова, вероятно, ничего не говорят, – сказал Мустафа Монд.

«Ничего», – помотали головами студенты.

Семья, единобрачие, любовная романтика. Повсюду исключительность и замкнутость, сосредоточенность влечения на одном предмете; порыв и энергия направлены в узкое русло.

– А ведь каждый принадлежит всем остальным, – привел Мустафа гипнопедическую пословицу.

Студенты кивнули в знак полного согласия с утверждением, которое – от шестидесяти двух с лишним тысяч повторений в сумраке спальни – сделалось не просто справедливым, а стало истиной бесспорной, самоочевидной и не требующей доказательств.

– Но, – возразила Линайна, – я с Генри всего месяца четыре.

– Всего четыре месяца! Ничего себе! И вдобавок, – обвиняюще ткнула Фанни пальцем, – все это время, кроме Генри, ты ни с кем. Ведь ни с кем же?

Линайна залилась румянцем. Но в глазах и в голосе ее осталась непокорность.

— Да, ни с кем, — огрызнулась она. — И не знаю, с какой такой стати я должна еще с кем-то.

— Она, видите ли, не знает, с какой стати, — повторила Фанни, обращаясь словно к незримому слушателю, вставшему за плечом у Линайны. Но тут же переменив тон: — Ну кроме шуток, — сказала она. — Ну прошу тебя, веди ты себя осторожней. Нельзя же так долго все с одним да с одним — это ужасно неприлично. Уж пусть бы тебе было сорок или тридцать пять — тогда бы простительнее. Но в твоем-то возрасте, Линайна! Нет, это никуда не годится. И ты же знаешь, как решительно наш Директор против всего чрезмерно пылкого и затянувшегося. Четыре месяца все с Генри Фостером и ни с кем кроме — да узнай Директор, он был бы вне себя...

— Представьте себе воду в трубе под напором. — Студенты представили себе такую трубу. — Пробейте в металле отверстие, — продолжал Главноуправитель. — Какой ударит фонтан! Если же проделать не одно отверстие, а двадцать, получим два десятка слабых струек.

То же и с эмоциями. «Моя детка. Моя крохотка!..» «Мама!» Безумие чувств заразительно. «Любимый, единственный мой, дорогой и бесценный...»

Материнство, единобрачие, романтика любви. Ввысь бьет фонтан; неистово ярится пенная струя. У чувства одна узенькая отдушина. Мой любимый. Моя детка. Немудрено, что эти горемыки, люди дофордовских времен, были безумны, и порочны, и несчастны. Мир, окружавший их, не позволял жить беспечально, не давал им быть здоровыми, добродетельными, счастливыми. Материнство и влюбленность, на каждом шагу запрет (а рефлекс повиновения запрету не сформирован), соблазн и одинокое потом раскаяние, всевозможные болезни, нескончаемая боль, отгораживающая от людей, шаткое будущее, нищета — все это обрекало их на сильные переживания. А при сильных переживаниях — притом в одиночестве, в безнадежной разобщенности и обособленности — какая уж могла быть речь о стабильности?

— Разумеется, не обязательно отказываться от Генри совсем. Чередуй его с другими, вот и все. Ведь он же не только с тобой?

— Не только, — сказала Линайна.

— Ну, разумеется. Уж Генри Фостер не нарушит правил жизни — он всегда корректен и порядочен. А подумай о Директоре. Ведь как неукоснительно Директор соблюдает этикет.

Линайна кивнула:

— Да, он сегодня потрепал меня по ягодицам.

— Ну вот видишь, — торжествующе сказала Фанни. — Вот тебе пример того, как строжайше он держится приличий.

* * *

— Стабильность, — подчеркнул Главноуправитель, — устойчивость, прочность. Без стабильного общества немыслима цивилизация. А стабильное общество немыслимо без стабильного члена общества. — Голос Мустафы звучал как труба. В груди у слушателей теплело и ширилось.

Машина вертится, работает и должна вертеться непрерывно — вечно. Остановка означает смерть. Копошился прежде на земной коре миллиард обитателей. Завертелись шестерни машин. И через сто пятьдесят лет стало два миллиарда. Остановите машины. Через сто пятьдесят не лет, а недель население земли сократится вполовину. Один миллиард умрет с голоду.

Машины должны работать без перебоев, но они требуют ухода. Их должны обслуживать люди — такие же надежные, стабильные, как шестеренки и колеса, — люди, здоровые духом и телом, послушные, постоянно довольные.

А горемыкам, восклицавшим: «Моя детка, моя мама, мой любимый и единственный», стонавшим: «Мой грех, мой грозный Бог», кричавшим от боли, бредившим в лихорадке, оплакивавшим нищету и старость, – по плечу ли тем несчастным обслуживание машин? А если не будет обслуживания?.. Трупы миллиарда людей непросто было бы зарыть или сжечь.

– И в конце концов, – мягко уговаривала Фанни, – разве это тягостно, мучительно – иметь еще одного-двух в дополнение к Генри? Ведь не тяжело тебе – а значит, обязательно надо разнообразить мужчин...

– Стабильность, – подчеркнул опять Главноуправитель, – стабильность. Первооснова и краеугольный камень. Стабильность. Для достижения ее – все это. – Широким жестом он охватил громадные здания Центра, парк и детей, бегающих нагишом или укромно играющих в кустах.

Линайна покачала головой, сказала в раздумье:
– Что-то в последнее время не тянет меня к разнообразию. А разве у тебя, Фанни, не бывает временами, что не хочется разнообразить?
Фанни кивнула сочувственно и понимающе.
– Но надо прилагать старания, – наставительно сказала она, – надо жить по правилам. Что ни говори, а каждый принадлежит всем остальным.
– Да, каждый принадлежит всем остальным, – повторила медленно Линайна и, вздохнув, помолчала. Затем, взяв руку подруги, слегка сжала в своей: – Ты абсолютно права, Фанни. Ты всегда права. Я приложу старания.

Поток, задержанный преградой, взбухает и переливается – позыв обращается в порыв, в страсть, даже в помешательство: сила потока множится на высоту и прочность препятствия. Когда же преграды нет, поток стекает плавно по назначенному руслу в тихое море благоденствия.

Зародыш голоден, и день-деньской питает его кровезаменителем насос, давая свои восемьсот оборотов в минуту. Заплакал раскупоренный младенец, и тут же подошла няня с бутылочкой млечно-секреторного продукта.

Эмоция таится в промежутке между позывом и его удовлетворением. Сократи этот промежуток, устрани все прежние ненужные препятствия.
– Счастливцы вы! – воскликнул Главноуправитель. – На вас не жалели трудов, чтобы сделать вашу жизнь в эмоциональном отношении легкой – оградить вас, насколько возможно, от эмоций и переживаний вообще.
– Форд в своем «форде» – и в мире покой, – продекламировал вполголоса Директор.

– Линайна Краун? – застегнув брюки на молнию, отозвался Генри Фостер. – О, это девушка великолепная. Донельзя пневматична. Удивляюсь, как это ты не отведал ее до сих пор.
– Я и сам удивляюсь, – сказал помощник Предопределителя. – Непременно отведаю. При первой же возможности.
Со своего раздевального места – в ряду напротив – Бернард услышал этот разговор и побледнел.

– Признаться, – сказала Линайна, – мне и самой это чуточку прискучивать начинает – каждый день Генри да Генри. – Она натянула левый чулок. – Ты Бернарда Маркса знаешь? – спросила она слишком уж нарочито-небрежным тоном.
– Ты хочешь с Бернардом? – вскинулась Фанни.

— А что? Бернард ведь альфа-плюсовик. К тому же он приглашает меня слетать с ним в дикарский заповедник – в индейскую резервацию. А я всегда хотела побывать у дикарей.
— Но ведь у Бернарда дурная репутация!
— А мне что за дело до его репутации?
— Говорят, он гольфа не любит.
— Говорят, говорят, – передразнила Линайна.
— И потом он бо́льшую часть времени проводит нелюдимо – один, – с сильнейшим отвращением сказала Фанни.
— Ну, со мной-то он не будет один. И вообще, отчего все к нему так по-свински относятся? По-моему, он милый. – Она улыбнулась, вспомнив, как до смешного робок он был в разговоре. Почти испуган – как будто она Главноуправитель мира, а он – дельта-минусовик из машинной обслуги.

— Поройтесь-ка в памяти, – сказал Мустафа Монд. – Наталкивались ли вы хоть раз на непреодолимые препятствия?
Студенты ответили молчанием, означавшим, что нет, не наталкивались.
— А приходилось ли кому-нибудь из вас долгое время пребывать в этом промежутке между позывом и его удовлетворением?
— У меня… – начал один из юнцов и замялся.
— Говорите же, – сказал Директор. – Его фордейшество ждет.
— Мне однажды пришлось чуть не месяц ожидать, пока девушка согласилась.
— И, соответственно, желание усилилось?
— До невыносимости!
— Вот именно, до невыносимости, – сказал Главноуправитель. – Наши предки были так глупы и близоруки, что когда явились первые преобразователи и указали путь избавления от этих невыносимых эмоций, то их не желали слушать.

«Точно речь о бараньей котлете, – скрипнул зубами Бернард. – «Не отведал, отведаю». Как будто она кусок мяса. Низводят ее до уровня бифштекса… Она сказала мне, что подумает, что даст до пятницы ответ. О Господи Форде. Подойти бы да в физиономию им со всего размаха, да еще раз, да еще».
— Я тебе настоятельно ее рекомендую, – говорил между тем Генри Фостер приятелю.

— Взять хоть эктогенез. Пфитцнер и Кавагучи разработали весь этот внетелесный метод размножения. Но правительства и во внимание его не приняли. Мешало нечто, именовавшееся христианством. Женщин и дальше заставляли быть живородящими.

— Он же страшненький! – сказала Фанни.
— А мне нравится, как он выглядит.
— И такого маленького роста, – поморщилась Фанни. (Низкорослость – типичный мерзкий признак низших каст.)
— А по-моему, он милый, – сказала Линайна. – Его так и хочется погладить. Ну, как котеночка.
Фанни брезгливо сказала:
— Говорят, когда он еще был в бутыли, кто-то ошибся – подумал, он гамма, и влил ему спирту в кровезаменитель. Оттого он и щуплый вышел.
— Вздор какой! – возмутилась Линайна.

— В Англии запретили даже обучение во сне. Было тогда нечто, именовавшееся либерализмом. Парламент (известно ли вам это старинное понятие?) принял закон против гипнопедии. Сохранились архивы парламентских актов. Записи речей о свободе британского подданного. О праве быть неудачником и горемыкой. Неприкаянным, неприспособленным к жизни.

— Да что ты, дружище, я буду только рад. Милости прошу. — Генри Фостер похлопал друга по плечу. — Ведь каждый принадлежит всем остальным.

«По сотне повторений три раза в неделю в течение четырех лет, — презрительно подумал Бернард; он был специалист-гипнопед. — Шестьдесят две тысячи четыреста повторений — и готова истина. Идиоты!»

— Или взять систему каст. Постоянно предлагалась — и постоянно отвергалась. Мешало нечто, именовавшееся демократией. Как будто равенство людей заходит дальше физико-химического равенства.

* * *

— А я все равно полечу с ним, — сказала Линайна.

«Ненавижу, ненавижу, — кипел внутренне Бернард. — Но их двое, они рослые, они сильные».

— Девятилетняя война началась в 141 году Эры Форда.

— Все равно, даже если бы ему и правда влили тогда спирту в кровезаменитель.

— Фосген, хлорпикрин, йод-уксусный этил, дифенилцианарсин, слезоточивый газ, иприт. Не говоря уже о синильной кислоте.

— А никто не подливал, неправда и не верю.

— Вообразите гул четырнадцати тысяч самолетов, налетающих широким фронтом. Сами же разрывы бомб, начиненных сибирской язвой, звучали на Курфюрстендамм и в восьмом парижском округе не громче бумажной хлопушки.

— А потому что хочу побывать в диком заповеднике.

— $CH_3C_6H_2(NO_2)_3+Hg(CNO)_2$; и что же в сумме? Большая воронка, груда щебня, куски мяса, комки слизи, нога в солдатском башмаке летит по воздуху и — шлеп! — приземляется среди ярко-красных гераней, так пышно цветших в то лето.

— Ты неисправима, Линайна, — остается лишь махнуть рукой.

— Восточный способ заражать водоснабжение был особенно остроумен.

Повернувшись друг к дружке спиной, Фанни и Линайна продолжали одеваться уже молча.

— Девятилетняя война, Великий экономический крах. Выбор был лишь между всемирной властью и полным разрушением. Между стабильностью и...

— Фанни Краун тоже девушка приятная, — сказал помощник Предопределителя.

В Питомнике уже отдолбили основы кастового самосознания, голоса теперь готовили будущего потребителя промышленных товаров. «Я так люблю летать, — шептали голоса, — я так люблю летать, так люблю носить все новое, так люблю...»

— Конечно, сибирская язва покончила с либерализмом, но все же нельзя было строить общество на принуждении.

— Но Линайна гораздо пневматичней. Гораздо, гораздо.

**

— А старая одежда — бяка, — продолжалось неутомимое нашептывание. — Старье мы выбрасываем. Овчинки не стоят починки. Чем старое чинить, лучше новое купить; чем старое чинить, лучше...

— Править надо с умом, а не кнутом. Не кулаками действовать, а на мозги воздействовать. Чтоб заднице не больно, а привольно. Есть у нас опыт: потребление уже однажды обращали в повинность.

— Вот я и готова, — сказала Линайна; но Фанни по-прежнему молчала, не глядела. — Ну, Фанни, милая, давай помиримся.

— Каждого мужчину, женщину, ребенка обязали ежегодно потреблять столько-то. Для процветания промышленности. А вызвали этим единственно лишь...

— Чем старое чинить, лучше новое купить. Прорехи зашивать — беднеть и горевать; прорехи зашивать — беднеть и...

— Не сегодня-завтра, — раздельно и мрачно произнесла Фанни, — твое поведение доведет тебя до беды.

— ...гражданское неповиновение в широчайшем масштабе. Движение за отказ от потребления. За возврат к природе.

**

— Я так люблю летать, я так люблю летать.

— За возврат к культуре. Даже к культуре, да-да. Ведь, сидя за книгой, много не потребишь.

— Ну, как я выгляжу? — спросила Линайна. На ней был ацетатный жакет бутылочного цвета, с зеленой вискозной опушкой на воротнике и рукавах.

— Уложили восемьсот сторонников простой жизни на Голдерс-Грин — скосили пулеметами.

— Чем старое чинить, лучше новое купить; чем старое чинить, лучше новое купить.

Зеленые плисовые шорты и белые, вискозной шерсти, чулочки до колен.

— Затем устроили Мор книгочеев: переморили горчичным газом в читальне Британского музея две тысячи человек.

Бело-зеленый жокейский картузик с затеняющим глаза козырьком. Туфли на Линайне ярко-зеленые, отлакированные.

— В конце концов, — продолжал Мустафа Монд, — Главноуправители поняли, что насилием не многого добьешься. Хоть и медленней, но несравнимо верней другой способ — способ эктогенеза, формирования рефлексов и гипнопедии…

А вокруг талии — широкий, из зеленого искусственного сафьяна, отделанный серебром пояс-патронташ, набитый уставным комплектом противозачаточных средств (ибо Линайна не была неплодой).

— Применили наконец открытия Пфитцнера и Кавагучи. Широко развернута была агитация против живородящего размножения…

— Прелестно! — воскликнула Фанни в восторге. Она не умела долго противиться чарам Линайны. — А какой дивный мальтузианский пояс!

— И одновременно начат поход против Прошлого, закрыты музеи, взорваны исторические памятники (большинство из них, слава Форду, и без того уже сровняла с землей Девятилетняя война); изъяты книги, выпущенные до 150 года Э. Ф.

— Обязательно и себе такой достану, — сказала Фанни.

— Были, например, сооружения, именовавшиеся пирамидами.

— Мой старый чернолаковый наплечный патронташ…

**

— И был некто, именовавшийся Шекспиром. Вас, конечно, не обременяли всеми этими наименованиями.

— Просто стыдно надевать мой чернолаковый.

— Таковы преимущества подлинно научного образования.

— Овчинки не стоят починки, овчинки не стоят…

— Дату выпуска первой модели Т Господом нашим Фордом…

— Я уже чуть не три месяца его ношу.

– ...избрали начальной датой Новой Эры.

– Чем старое чинить, лучше новое купить; чем старое...

– Как я уже упоминал, было тогда нечто, именовавшееся христианством.

– ...лучше новое купить.

– Мораль и философия недопотребления...

– Люблю новое носить, люблю новое носить, люблю...

* * *

– ...была существенно необходима во времена недопроизводства; но в век машин, в эпоху, когда люди научились связывать свободный азот воздуха, недопотребление стало прямым преступлением против общества.

– Мне его Генри Фостер подарил.

– У всех крестов спилили верх – преобразовали в знаки Т. Было тогда некое понятие, именовавшееся Богом.

– Это настоящий искусственный сафьян.

– Теперь у нас Мировое Государство. И мы ежегодно празднуем День Форда, мы устраиваем вечера песнословия и сходки единения.

«Господи Форде, как я их ненавижу», – думал Бернард.

– Было нечто, именовавшееся Небесами; но тем не менее спиртное пили в огромном количестве.

«Как бифштекс, как кусок мяса».

– Было некое понятие – душа и некое понятие – бессмертие.

– Пожалуйста, узнай у Генри, где он его достал.

* * *

– Но тем не менее употребляли морфий и кокаин.
«А хуже всего то, что она и сама думает о себе как о куске мяса».

– В 178 году Э. Ф. были соединены усилия и финансированы изыскания двух тысяч фармакологов и биохимиков.
– А хмурый у малого вид, – сказал помощник Предопределителя, кивнув на Бернарда.

– Через шесть лет был налажен уже широкий выпуск. Наркотик получился идеальный.

– Давай-ка подразним его.

– Успокаивает, дает радостный настрой, вызывает приятные галлюцинации.

– Хмуримся, Бернард, хмуримся. – От хлопка по плечу Бернард вздрогнул, поднял глаза. Это Генри Фостер, скотина фордова. – Грамм сомы принять надо.

– Все плюсы христианства и алкоголя – и ни единого их минуса.

«Убил бы скотину». Но вслух он сказал только:
– Спасибо, не надо, – и отстранил протянутые таблетки.

– Захотелось, и тут же устраиваешь себе сом отдых – отдых от реальности, – и голова с похмелья не болит потом, и не засорена никакой мифологией.

– Да бери ты, – не отставал Генри Фостер, – бери.

– Это практически обеспечило стабильность.

– «Сомы грамм – и нету драм», – черпнул помощник Пред определителя из кладезя гипнопедической мудрости.

– Оставалось лишь победить старческую немощь.
– Да катитесь вы от меня! – взорвался Бернард.
– Скажи пожалуйста, какие мы горячие.

– Половые гормоны, соли магния, вливание молодой крови...

– К чему весь тарарам, прими-ка сомы грамм. – И, посмеиваясь, они вышли из раздевальной.
– Все телесные недуги старости были устранены. А вместе с ними, конечно...

– Так не забудь, спроси у него насчет пояса, – сказала Фанни.

***

– А с ними исчезли и все старческие особенности психики. Характер теперь остается на протяжении жизни неизменным.

– ...до темноты успеть сыграть два тура гольфа с препятствиями. Надо лететь.

– Работа, игры – в шестьдесят лет наши силы и склонности те же, что были в семнадцать. В недобрые прежние времена старики отрекались от жизни, уходили от мира в религию, проводили время в чтении, в раздумье – сидели и думали!

«Идиоты, свиньи!» – повторял про себя Бернард, идя по коридору к лифту.

— Теперь же – настолько шагнул прогресс – старые люди работают, совокупляются, беспрестанно развлекаются; сидеть и думать им некогда и недосуг, – а если уж не повезет и в сплошной череде развлечений обнаружится разрыв, расселина, то ведь всегда есть сома, сладчайшая сома: принял полграмма – и получай небольшой сомотдых; принял грамм – нырнул в сомотдых вдвое глубже; два грамма унесут тебя в грезу роскошного Востока, а три умчат к луне на блаженную темную вечность. А возвратясь, окажешься уже на той стороне расселины – и снова ты на твердой и надежной почве ежедневных трудов и утех, снова резво порхаешь от ощущалки к ощущалке, от одной упругой девушки к другой, от электромагнитного гольфа к...

— Уходи, девочка! – прикрикнул Директор сердито. – Уходи, мальчик! Не видите разве, что мешаете его фордейшеству? Найдите себе другое место для эротических игр.

— Пустите детей приходить ко мне, – произнес Главноуправитель.

Величаво, медленно, под тихий гул машин, продвигались конвейеры – на тридцать три сантиметра в час. Мерцали в красном сумраке бессчетные рубины.

Глава четвертая

I

Лифт был заполнен мужчинами из альфа-раздевален, и Линайну встретили дружеские, дружные улыбки и кивки. Ее в обществе любили; почти со всеми с ними – с одним раньше, с другим позже – провела она ночь.

Милые ребята, думала она, отвечая на приветствия. Чудные ребята! Жаль только, что Джордж Эдзел лопоух (быть может, ему крошечку лишнего впрыснули гормона паращитовидки на 328-м метре?). А взглянув на Бенито Гувера, она невольно вспомнила, что в раздетом виде он, право, чересчур уж волосат.

Глаза ее чуть погрустнели при мысли о чернокудрявости Гувера, она отвела взгляд – и увидела в углу щуплую фигуру и печальное лицо Бернарда Маркса.

– Бернард! – Она подошла к нему. – А я тебя ищу. – Голос ее раздался звонко, покрывая гудение скоростного, идущего вверх лифта. Мужчины с любопытством оглянулись. – Я насчет нашей экскурсии в Нью-Мексико. – Уголком глаза она увидела, что Бенито Гувер удивленно открыл рот. «Удивляется, что не с ним горю желанием повторить поездку», – подумала она с легкой досадой. Затем вслух еще горячей продолжала: – Прямо мечтаю слетать на недельку с тобой в июле. (Как бы ни было, она открыто демонстрирует сейчас, что неверна Генри Фостеру. На радость Фанни – хотя новым партнером будет все же Бернард.) То есть, – Линайна подарила Бернарду самую чарующе-многозначительную из своих улыбок, – если ты меня еще не расхотел. – Бледное лицо Бернарда залилось краской. «С чего он это?» – подумала она, озадаченная и в то же время тронутая этим странным свидетельством силы ее чар.

– Может, нам бы об этом потом, не сейчас, – пробормотал он, запинаясь от смущения.

«Как будто я что-нибудь стыдное сказала, – недоумевала Линайна. – Так сконфузился, точно я позволила себе непристойную шутку – спросила, кто его мать, или тому подобное».

– Не здесь, не при всех... – Он смолк, совершенно потерявшись.

Линайна рассмеялась хорошим, искренним смехом.

– Какой же ты потешный! – сказала она, от души веселясь. – Только по крайней мере за неделю предупредишь меня, ладно? – продолжала она, отсмеявшись. – Мы ведь «Синей Тихоокеанской» полетим? Она с Черинг-Тийской башни отправляется? Или из Хэмпстеда? – Не успел Бернард ответить, как лифт остановился.

– Крыша! – объявил скрипучий голосок.

Лифт обслуживало обезьяноподобное существо, одетое в черную форменную куртку минус-эпсилон-полукретина. – Крыша!

Лифтер распахнул дверцы. В глаза ему ударило сияние погожего летнего дня, он встрепенулся, заморгал.

– О-о, крыша! – повторил он восхищенно. Он как бы очнулся внезапно и радостно от глухой, мертвящей спячки. – Крыша!

Подняв свое личико к лицам пассажиров, он заулыбался им с каким-то собачьим обожанием и надеждой. Те вышли из лифта переговариваясь, пересмеиваясь. Лифтер глядел им вслед.

– Крыша? – произнес он вопросительно.

Тут послышался звонок, и с потолка кабины, из динамика, зазвучала команда, очень тихая и очень повелительная:

– Спускайся вниз, спускайся вниз. На девятнадцатый этаж. Спускайся вниз. На девятнадцатый этаж. Спускайся...

Лифтер захлопнул дверцы, нажал кнопку и в тот же миг канул в гудящий сумрак шахты, в сумрак обычной своей спячки.

Тепло и солнечно было на крыше. Успокоительно жужжали пролетающие вертопланы; рокотали ласково и густо ракетопланы, невидимо несущиеся в ярком небе, километрах в десяти над головой. Бернард набрал полную грудь воздуха. Устремил взгляд в небо, затем на голубые горизонты, затем — на Линайну. — Красота какая! — Голос его слегка дрожал. Она улыбнулась ему задушевно, понимающе.

— Погода просто идеальная для гольфа, — упоенно молвила она. — А теперь, Бернард, мне надо лететь. Генри сердится, когда я заставляю его ждать. Значит, сообщишь мне заранее о дате поездки. — И, приветно махнув рукой, она побежала по широкой плоской крыше к ангарам. Бернард стоял и глядел, как мелькают, удаляясь, белые чулочки, как проворно разгибаются, сгибаются — раз-два, раз-два — загорелые коленки и плавней, колебательней движутся под темно-зеленым жакетом плисовые, в обтяжку, шорты. На лице Бернарда выражалось страдание.

— Ничего не скажешь, хороша, — раздался за спиной у него громкий и жизнерадостный голос.

Бернард вздрогнул, оглянулся. Над ним сияло красное щекастое лицо Бенито Гувера — буквально лучилось дружелюбием и сердечностью. Бенито славился своим добродушием. О нем говорили, что он мог бы хоть всю жизнь прожить без сомы. Ему не приходилось, как другим, глушить приступы дурного или злого настроения. Для Бенито действительность всегда была солнечна.

— И пневматична жутко! Но послушай, — продолжал Бенито посерьезнев, — у тебя вид какой хмурый! Таблетка сомы, вот что тебе нужно. — Из правого кармана брюк он извлек флакончик. — Сомы грамм — и нету др... Куда ж ты?

Но Бернард, отстранившись, торопливо шагал уже прочь.

Бенито поглядел вслед, подумал озадаченно: «Что это с парнем творится?» — покачал головой и решил, что Бернарду и впрямь, пожалуй, влили спирту в кровезаменитель. «Видно, повредили мозг бедняге».

Он спрятал сому, достал пачку жевательной секс-гормональной резинки, сунул брикетик за щеку и неторопливо двинулся к ангарам, жуя на ходу.

Фостеру выкатили уже из ангара вертоплан, и, когда Линайна подбежала, он сидел в кабине, ожидая. Она села рядом.

— На четыре минуты опоздала, — кратко констатировал Генри. Запустил моторы, включил верхние винты. Машина взмыла вертикально. Генри нажал на акселератор; гудение винтов из густого шмелиного стало осиным, истончилось затем в комариный писк; тахометр показывал, что скорость подъема равна почти двум километрам в минуту. Лондон шел вниз, уменьшаясь. Еще несколько секунд — и огромные плосковерхие здания обратились в кубистические подобия грибов, торчащих из садовой и парковой зелени. Среди них был гриб повыше и потоньше — это Черинг-Тийская башня взносила на тонкой ноге свою бетонную тарель, блестящую на солнце.

Как дымчатые торсы сказочных атлетов, висели в синих высях сытые громады облаков. Внезапно из облака выпала, жужжа, узкая алого цвета букашка и устремилась вниз.

— «Красная Ракета» прибывает из Нью-Йорка, — сказал Генри. Взглянул на часики, прибавил: — На семь минут запаздывает, — и покачал головой. — Эти атлантические линии возмутительно непунктуальны.

Он снял ногу с акселератора. Шум лопастей понизился на полторы октавы — пропев снова осой, винты загудели шершнем, шмелем, хрущом и, еще басовей, жуком-рогачом. Подъем замедлился; еще мгновение — и машина повисла в воздухе. Генри двинул от себя рычаг; щелкнуло переключение. Сперва медленно, затем быстрей, быстрей завертелся передний винт и обратился в зыбкий круг. Все резче засвистел в расчалках ветер. Генри следил за стрелкой;

33

когда она коснулась метки «1200», он выключил верхние винты. Теперь машину несла сама уж поступательная тяга.

Линайна глядела в смотровое окно у себя под ногами, в полу. Они пролетали над шестикилометровой парковой зоной, отделяющей Лондон-Центр от первого кольца пригородов-спутников. Зелень кишела копошащимися куцыми фигурками. Между деревьями густо мелькали, поблескивали башенки центробежной лапты. В районе Шепардс-Буш две тысячи бета-минусовых смешанных пар играли в теннис на римановых поверхностях. Не пустовали и корты для эскалаторного хэндбола, с обеих сторон окаймляющие дорогу от Ноттинг-Хилла до Уилсдена. На Илингском стадионе дельты проводили гимнастический парад и праздник песнословия.

— Какой у них гадкий цвет — хаки, — выразила вслух Линайна гипнопедический предрассудок своей касты.

В Хаунслоу на семи с половиной гектарах раскинулась ощущальная киностудия. А неподалеку армия рабочих в хаки и черном обновляла стекловидное покрытие Большой западной магистрали. Как раз в этот момент открыли летку одного из передвижных плавильных тиглей. Слепяще раскаленным ручьем тек по дороге каменный расплав; асбестовые тяжкие катки двигались взад-вперед, бело клубился пар из-под термозащищенной поливальной цистерны.

Целым городком встала навстречу фабрика Телекорпорации в Брентфорде.

— У них, должно быть, сейчас пересменка, — сказала Линайна.

Подобно тлям и муравьям, роились у входов лиственно-зеленые гамма-работницы и черные полукретины — или стояли в очередях к монорельсовым трамваям. Там и сям в толпе мелькали темно-красные бета-минусовики. Кипело движение на крыше главного здания: одни вертопланы садились, другие взлетали.

— А ей-форду, хорошо, что я не гамма, — проговорила Линайна.

Десятью минутами поздней, приземлившись в Сток-Поджес, они начали уже свой первый круг гольфа с препятствиями.

II

Бернард торопливо шел по крыше, пряча глаза, – если и встречался взглядом с кем-либо, то бегло, тут же снова потупляясь. Шел, точно за ним погоня и он не хочет видеть преследователей – а вдруг они окажутся еще враждебней даже, чем ему мнится, и тяжелее тогда станет ощущение какой-то вины и еще беспомощнее одиночество.

«Этот несносный Бенито Гувер!» А ведь Гувера не злоба толкала, а добросердечие. Но положение от этого лишь намного хуже. Не желающие зла точно так же причиняют ему боль, как и желающие. Даже Линайна приносит страдание. Он вспомнил те недели робкой нерешительности, когда он глядел издали и тосковал, не отваживаясь подойти. Что, если напорешься на унизительный, презрительный отказ? Но если скажет «да» – какое счастье! И вот Линайна сказала «да», а он по-прежнему несчастлив – несчастлив потому, что она нашла погоду «идеальной для гольфа», что бегом побежала к Генри Фостеру, что он, Бернард, показался ей «потешным» из-за нежелания при всех говорить о самом интимном. Короче, потому несчастен, что она вела себя как всякая здоровая и добродетельная жительница Англии, а не как-то иначе, странно, ненормально.

Он открыл двери своего ангарного отсека и подозвал двух лениво сидящих дельта минусовиков из обслуживающего персонала, чтобы выкатили вертоплан на крышу. Персонал ангаров составляли близнецы из одной группы Бокановского – все тождественно маленькие, черненькие и безобразненькие. Бернард отдавал им приказания резким, надменным, даже оскорбительным тоном, к какому прибегает человек, не слишком уверенный в своем превосходстве. Иметь дело с членами низших каст было Бернарду всегда мучительно. Правду ли, ложь представляли слухи насчет спирта, по ошибке влитого в его кровезаменитель (а такие ошибки случались), но физические данные у Бернарда едва превышали уровень гаммовика. Бернард был на восемь сантиметров ниже, чем определено стандартом для альф, и соответственно щуплей нормального. При общении с низшими кастами он всякий раз болезненно осознавал свою невзрачность. «Я – это я; уйти бы от себя». Его мучило острое чувство неполноценности. Когда глаза его оказывались вровень с глазами дельтовика (а надо бы сверху вниз глядеть), он неизменно чувствовал себя униженным. Окажет ли ему должное уважение эта тварь? Сомнение его терзало. И не зря. Ибо гаммы, дельты и эпсилоны приучены были в какой-то мере связывать кастовое превосходство с крупнотелостью. Да и во всем обществе чувствовалось некоторое гипнопедическое предубеждение в пользу рослых, крупных. Отсюда смех, которым женщины встречали предложения Бернарда; отсюда шуточки мужчин, его коллег. Вследствие насмешек он ощущал себя чужим, а стало быть, и вел себя как чужой – и этим усугублял предубеждение против себя, усиливал презрение и неприязнь, вызываемые его щуплостью. Что, в свою очередь, усиливало его чувство одиночества и чуждости. Из боязни наткнуться на неуважение он избегал людей своего круга, а с низшими вел себя преувеличенно гордо. Как жгуче завидовал он таким, как Генри Фостер и Бенито Гувер! Им-то не надо кричать для того, чтобы эпсилон исполнил приказание; для них повиновение низших каст само собою разумеется; они в системе каст, словно рыбы в воде, – настолько дома, в своей уютной, благодетельной стихии, что не ощущают ни ее, ни себя в ней.

С прохладцей, неохотно, как показалось ему, обслуга выкатила вертоплан на крышу.

– Живей! – произнес Бернард раздраженно. Один из близнецов взглянул на него. Не скотская ли издевочка мелькнула в пустом взгляде этих серых глаз? – Живей! – крикнул Бернард с каким-то уже скрежетом в голосе. Влез в кабину и полетел на юг, к Темзе.

Институт технологии чувств помещался в шестидесятиэтажном здании на Флит-стрит. Цокольный и нижние этажи были отданы редакциям и типографиям трех крупнейших лондонских газет – здесь издавались «Ежечасные радиовести» для высших каст, бледно-зеленая

«Гамма-газета», а также «Дельта-миррор», выходящая на бумаге цвета хаки и содержащая слова исключительно односложные. В средних двадцати двух этажах находились разнообразные отделы пропаганды: Телевизионной, Ощущальной, Синтетически-голосовой и Синтетически-музыкальной. Над ними помещались исследовательские лаборатории и защищенные от шума кабинеты, где занимались своим тонким делом звукосценаристы и творцы синтетической музыки. На долю института приходились верхние восемнадцать этажей.

Приземлившись на крыше здания, Бернард вышел из кабины.

— Позвоните мистеру Гельмгольцу Уотсону, — велел он дежурному гамма-плюсовику, — скажите ему, что мистер Бернард Маркс ожидает на крыше. — Бернард присел, закурил сигарету.

Звонок застал Гельмгольца Уотсона за рабочим столом.

— Передайте, что я сейчас подымусь, — сказал Гельмгольц и положил трубку. Дописав фразу, он обратился к своей секретарше тем же безлично-деловым тоном: — Будьте так добры прибрать мои бумаги, — и, без внимания оставив ее лучезарную улыбку, энергичным шагом направился к дверям.

Гельмгольц был атлетически сложен, грудь колесом, плечист, массивен, но в движениях быстр и пружинист. Мощную колонну шеи венчала великолепная голова. Темные волосы вились, крупные черты лица отличались выразительностью. Он был красив резкой мужской красотой — настоящий альфа-плюсовик «от темени до пневматических подошв», как говаривала восхищенно секретарша. По профессии он был лектор-преподаватель, работал на институтской кафедре творчества и прирабатывал как технолог-формировщик чувств: сочинял ощущальные киносценарии, сотрудничал в «Ежечасных радиовестях», с удивительной легкостью и ловкостью придумывал гипнопедические стишки и рекламные броские фразы.

«Способный малый, — отзывалось о нем начальство. — Быть может (и тут старшие качали головой, многозначительно понизив голос), немножко даже чересчур способный».

Да, немножко чересчур; правы старшие. Избыток умственных способностей обособил Гельмгольца и привел почти к тому же, к чему привел Бернарда телесный недостаток. Бернарда отгородила от коллег невзрачность, щуплость — и возникшее чувство обособленности (чувство умственно-избыточное, по всем нынешним меркам), в свою очередь, стало причиной еще большего разобщения. А Гельмгольца — того талант заставил тревожно ощутить свою особенность и одинокость. Общим у обоих было сознание своей индивидуальности. Но физически неполноценный Бернард всю жизнь страдал от чувства отчужденности, а Гельмгольц совсем лишь недавно, осознав свою избыточную умственную силу, одновременно осознал и свою несхожесть с окружающими. Этот теннисист-чемпион, этот неутомимый любовник (говорили, что за каких-то неполных четыре года он переменил шестьсот сорок девушек), этот деятельнейший член комиссий и душа общества внезапно обнаружил, что спорт, женщины, общественная деятельность служат ему лишь плохонькой заменой чего-то другого. По-настоящему, глубинно его влечет иное. Но что именно? Вот об этом-то и хотел опять поговорить с ним Бернард — вернее, послушать, что скажет друг — ибо весь разговор вел неизменно Гельмгольц.

При выходе из лифта Уотсону преградили путь три обворожительные сотрудницы Синтетически-голосового отдела.

— Ах, душка Гельмгольц, пожалуйста, поедем с нами в Эксмур на ужин-пикничок, — стали они умоляюще льнуть к нему.

— Нет-нет, — покачал он головой, пробиваясь сквозь девичий заслон.

— Мы только тебя одного приглашаем!

Но даже эта заманчивая перспектива не поколебала Гельмгольца.

— Нет, — повторил он, решительно шагая. — Я занят.

Но девушки шли следом. Он сел в кабину к Бернарду, за хлопнул дверцу. Вдогонку Гельмгольцу полетели прощальные укоры.

— Ох, эти женщины! – сказал он, когда машина поднялась в воздух. – Ох, эти женщины! – И покачал опять головой, нахмурился. – Беда прямо.

— Спасения нет, – поддакнул Бернард, а сам подумал: «Мне бы иметь столько девушек и так запросто». Ему неудержимо захотелось похвастаться перед Гельмгольцем. – Я беру Линайну Краун с собой в Нью-Мексико, – сказал он как можно небрежней.

— Неужели? – произнес Гельмгольц без всякого интереса. И продолжал после небольшой паузы: – Вот уже недели две как я отставил все свидания и заседания. Ты не представляешь, какой из-за этого поднят шум в институте. Но игра, по-моему, стоит свеч. В результате... – Он помедлил. – Необычный получается результат, весьма необычный.

Телесный недостаток может повести к своего рода умственному избытку. Но получается, что и наоборот бывает. Умственный избыток может вызвать в человеке сознательную, целенаправленную слепоту и глухоту умышленного одиночества, искусственную холодность аскетизма.

Остаток краткого пути они летели молча. Потом, удобно расположась на пневматических диванах в комнате у Бернарда, они продолжили разговор.

— Приходилось ли тебе ощущать, – очень медленно заговорил Гельмгольц, – будто у тебя внутри что-то такое есть и просится на волю, хочет проявиться? Будто некая особенная сила пропадает в тебе попусту – вроде как река стекает вхолостую, а могла бы вертеть турбины. – Он вопросительно взглянул на Бернарда.

— Ты имеешь в виду те эмоции, которые можно было бы перечувствовать при ином образе жизни?

Гельмгольц отрицательно мотнул головой.

— Не совсем. Я о странном ощущении, которое бывает иногда, – будто мне дано что-то важное сказать и дана способность выразить это что-то, но только не знаю, что именно, и способность моя пропадает без пользы. Если бы по-другому писать или о другом о чем-то... – Он надолго умолк. – Видишь ли, – произнес он наконец, – я ловок придумывать фразы, слова, заставляющие встрепенуться, как от резкого укола, – такие внешне новые и будоражащие, хотя содержание у них гипнопедически-банальное. Но этого мне как-то мало. Мало, чтобы фразы были хороши; надо, чтобы целость, суть значительна была и хороша.

— Но, Гельмгольц, вещи твои и в целом хороши.

Гельмгольц пожал плечами:

— Для своего масштаба. Но масштаб-то у них крайне мелкий. Маловажные я даю вещи. А чувствую, что способен дать гораздо более значительное что-то. И более глубокое, взволнованное. Но что? Есть ли у нас темы более значительные? А то, о чем пишу, – может ли оно меня взволновать? При правильном их применении слова способны быть всепроникающими, как рентгеновы лучи. Прочтешь – и ты уже пронизан и пронзен. Вот этому я и стараюсь, среди прочего, научить моих студентов – искусству всепронизывающего слова. Но на кой нужна пронзительность статье об очередном фордослужении или о новейших усовершенствованиях в запаховой музыке? Да и можно ли найти слова по-настоящему пронзительные – подобные, понимаешь ли, самым жестким рентгеновским лучам, – когда пишешь на такие темы? Можно ли сказать нечто, когда перед тобой ничто? Вот к чему в конце концов сводится дело. Я стараюсь, силюсь...

— Тшш! – произнес вдруг Бернард и предостерегающе поднял палец. – Кто-то там, по-моему, за дверью, – прошептал он.

Гельмгольц встал, на цыпочках подошел к двери и распахнул ее рывком. Разумеется, никого там не оказалось.

— Прости, – сказал Бернард виновато, с глупо-сконфуженным видом. – Должно быть, нервы расшатались. Когда человек окружен недоверием, то начинает сам не доверять.

Он провел ладонью по глазам, вздохнул, голос его звучал горестно. Он продолжал оправдываться.

– Если бы ты знал, что я перетерпел за последнее время, – сказал он почти со слезами. На него нахлынула, его затопила волна жалости к себе. – Если бы ты только знал!

Гельмгольц слушал с каким-то чувством неловкости. Жалко ему было бедняжку Бернарда. Но в то же время и стыдновато за друга. Не мешало бы Бернарду иметь немного больше самоуважения.

Глава пятая

I

К восьми часам стало смеркаться. Из рупоров на башне Гольф-клуба зазвучал синтетический тенор, оповещая о закрытии площадок. Линайна и Генри прекратили игру и направились к домам клуба. Из-за ограды Треста внутренней и внешней секреции слышалось тысячеголосое мычание скота, чьё молоко и чьи гормоны шли основным сырьём на большую фабрику в Фарнам-Ройал.

Непрестанный вертопланный гул полнил сумерки. Через каждые две с половиной минуты раздавался звонок отправления и сиплый гудок монорельсовой электрички — это низшие касты возвращались домой в столицу со своих игровых полей.

Линайна и Генри сели в машину, взлетели. На двухсотметровой высоте Генри убавил скорость, и минуту-две они висели над меркнущим ландшафтом. Как налитая мраком заводь, простирался внизу лес от Бернам-Бичез к ярким западным небесным берегам. На горизонте там рдела последняя малиновая полоса заката, а выше небо тускнело — от оранжевых через жёлтые переходя к водянистым бледно-зелёным тонам. Правей, к северу, электрически сияла над деревьями фарнамройалская фабрика, свирепо сверкала всеми окнами своих двадцати этажей. Прямо под ногами виднелись строения Гольф-клуба — обширные, казарменного вида, постройки для низших каст и, за разделяющей стеной, дома поменьше, для альф и для бет. На подходах к моновокзалу черно было от муравьиного кишения низших каст. Из-под стеклянного свода вынесся на тёмную равнину освещённый поезд. Проводив его к юго-востоку, взгляд затем упёрся в здания-махины Слауского крематория. Для безопасности ночных полётов четыре высоченные дымовые трубы подсвечены были прожекторами, а верхушки обозначены багряными сигнальными огнями. Крематорий высился, как веха.

— Зачем эти трубы обхвачены как бы балкончиками? — спросила Линайна.

— Фосфор улавливать, — лаконично стал объяснять Генри. — Поднимаясь по трубе, газы проходят четыре разные обработки. Раньше при кремации пятиокись фосфора выходила из круговорота жизни. Теперь же более девяноста восьми процентов пятиокиси улавливается. Что позволяет ежегодно получать без малого четыреста тонн фосфора от одной только Англии. — В голосе Генри было торжество и гордость, он радовался этому достижению всем сердцем, точно своему собственному. — Как приятно знать, что и после смерти мы продолжаем быть общественно полезными. Способствуем росту растений.

Линайна между тем перевела взгляд ниже, туда, где виден был моновокзал.

— Приятно, — кивнула она. — Но странно, что от альф и бет растения растут не лучше, чем от этих противненьких гамм, дельт и эпсилонов, что копошатся вон там.

— Все люди в физико-химическом отношении равны, — нравоучительно сказал Генри. — Притом даже эпсилоны выполняют необходимые функции.

«Даже эпсилоны»... Линайна вдруг вспомнила, как она, младшеклассница тогда, проснулась за полночь однажды и впервые услыхала наяву шёпот, звучавший все ночи во сне. Лунный луч, шеренга белых кроваток; тихий голос произносит вкрадчиво (слова те, после стольких повторений, остались не забыты, сделались незабываемы): «Каждый трудится для всех других. Каждый нам необходим. Даже от эпсилонов польза. Мы не смогли бы обойтись без эпсилонов. Каждый трудится для всех других. Каждый нам необходим...» Линайна вспомнила, как она удивилась сразу, испугалась; как полчаса не спала и думала, думала; как под действием этих бесконечных повторений мозг её успокаивался постепенно, плавно — и наползал, заволакивал сон...

– Наверно, эпсилона и не огорчает, что он эпсилон, – сказала она вслух.
– Разумеется, нет. С чего им огорчаться? Они же не знают, что такое быть неэпсилоном. Мы-то, конечно, огорчались бы. Но ведь у нас психика иначе сформирована. И наследственность у нас другая.
– А хорошо, что я не эпсилон, – сказала Линайна с глубоким убеждением.
– А была бы эпсилоном, – сказал Генри, – и благодаря воспитанию точно так же радовалась бы, что ты не бета и не альфа.

Он включил передний винт и направил машину к Лондону. За спиной, на западе, почти уже угасла малиновая с оранжевым заря; по небосклону в зенит всползла темная облачная гряда. Когда пролетали над крематорием, вертоплан подхватило потоком горячего газа из труб и тут же снова опустило прохладным нисходящим током окружающего воздуха.

– Чудесно колыхнуло, прямо как на американских горках, – засмеялась Линайна от удовольствия.

– А отчего колыхнуло, знаешь? – произнес Генри почти с печалью. – Это окончательно, бесповоротно испарялась человеческая особь. Уходила вверх газовой горячей струей. Любопытно бы знать, кто это сгорал – мужчина или женщина, альфа или эпсилон?.. – Он вздохнул. Затем решительно и бодро кончил мысль: – Во всяком случае, можем быть уверены в одном: кто б ни был тот человек, жизнь он прожил счастливую. Теперь каждый счастлив.

– Да, теперь каждый счастлив, – эхом откликнулась Линайна. Эту фразу им повторяли по сто пятьдесят раз еженощно в течение двенадцати лет.

Приземлясь в Вестминстере на крыше сорока этажного жилого дома, где проживал Генри, они спустились прямиком в столовый зал. Отлично там поужинали в веселой и шумной компании. К кофе подали им сому. Линайна приняла две полуграммовые таблетки, а Генри – три. В двадцать минут десятого они направились через улицу в Вестминстерское аббатство – в новооткрытое там кабаре. Небо почти расчистилось; настала ночь, безлунная и звездная; но этого, в сущности, удручающего факта Линайна и Генри, к счастью, не заметили. Космическая тьма не видна была за световой рекламой. «КЭЛВИН СТОУПС И ЕГО ШЕСТНАДЦАТЬ СЕКСОФОНИСТОВ» – зазывно горели гигантские буквы на фасаде обновленного аббатства. «ЛУЧШИЙ В ЛОНДОНЕ ЦВЕТОЗАПАХОВЫЙ ОРГАН. ВСЯ НОВЕЙШАЯ СИНТЕТИЧЕСКАЯ МУЗЫКА».

Они вошли. На них дохнуло теплом и душным ароматом амбры и сандала. На купольном своде аббатства цветовой орган в эту минуту рисовал тропический закат. Шестнадцать сексофонистов исполняли номер, давно всеми любимый: «Обшарьте целый свет – такой бутыли нет, как милая бутыль моя». На лощеном полу двигались в файв-степе четыреста пар. Линайна с Генри тут же составили четыреста первую. Как мелодичные коты под луной, взывали сексофоны, стонали в альтовом и теноровом регистрах, точно в смертной муке любви. Изобилуя обертонами, их вибрирующий хор рос, возносился к кульминации, звучал все громче, громче – и наконец, по взмаху руки дирижера, грянула финальная сверхчеловеческая, неземная нота, отбросивши в небытие шестнадцать дудящих людишек, – грянул гром в ля-бемоль-мажоре. Затем, почти что в бездыханности, почти что в темноте, последовало плавное спадание, диминуэндо – медленное, четвертями тона, нисхожденье в доминантовый аккорд, нескончаемо и тихо шепчущий поверх биенья ритма (в размере $^5/_4$) и наполняющий секунды напряженным ожиданием. И вот томление разрешилось, взорвалось, брызнуло солнечным восходом, и все шестнадцать заголосили:

        Бутыль моя, зачем нас разлучили?
        Укупорюсь опять в моей бутыли.
        Там вечная весна, небес голубизна,
        Лазурное блаженство забытья.

Обшарьте целый свет – такой бутыли нет,
Как милая бутыль моя.

Линайна и Генри замысловато двигались по кругу вместе с остальными четырьмястами парами – и в то же время пребывали в другом мире, в теплом, роскошно цветном, бесконечно радушном, праздничном мире сомы. Как добры, как хороши собой, как восхитительно-забавны все вокруг! «Бутыль моя, зачем нас разлучили?..» Но для Линайны и для Генри разлука эта кончилась... Они уже укупорились наглухо, надежно – вернулись под ясные небеса, в лазурное забытье. Изнемогшие шестнадцать положили свои сексофоны, и аппарат синтетической музыки вступил самоновейшим медленным мальтузианским блюзом, – и колыхало, баюкало Генри с Линайной, словно пару эмбрионов-близнецов на обутыленных волнах кровезаменителя.

– Спокойной ночи, дорогие друзья. Спокойной ночи, дорогие друзья, – стали прощаться репродукторы, смягчая приказ музыкальной и милой учтивостью тона. – Спокойной ночи, дорогие...

Послушно, вместе со всеми остальными, Линайна и Генри покинули Вестминстерское аббатство. Угнетающе-дальние звезды уже переместились в небесах на порядочный угол. Но хотя завеса рекламных огней поредела, Линайна с Генри по-прежнему блаженно не замечали ночи.

Повторная доза сомы, проглоченная за полчаса перед окончанием танцев, отгородила молодую пару и вовсе уж непроницаемой стеной от реального мира. Укупоренные, пересекли они улицу; укупоренные, поднялись к себе на двадцать девятый этаж. И однако, несмотря на укупоренность и на второй грамм сомы, Линайна не забыла принять все предписанные правилами противозачаточные меры. Годы интенсивной гипнопедии в сочетании с мальтузианским тренажем, проводимым трижды в неделю с двенадцати до семнадцати лет, выработали в Линайне навык, почти такой же автоматический, непроизвольный, как мигание.

– Да, кстати, – сказала она, вернувшись из ванной, – Фанни Краун интересуется, где ты раздобыл этот мой прелестный синсафьянный патронташ.

II

Раз в две недели, по четвергам, Бернарду положено было участвовать в сходке единения. В день сходки, перед вечером, он пообедал с Гельмгольцем в «Афродитеуме» (куда Гельмгольца недавно приняли, согласно второму параграфу клубного устава), затем простился с другом, сел на крыше в вертакси и велел пилоту лететь в Фордзоновский дворец фордослужений. Поднявшись метров на триста, вертоплан понесся к востоку, и на развороте предстала глазам Бернарда великолепная громадина дворца. В прожекторной подсветке снежно сиял на Ладгейтском холме фасад «Фордзона» – триста двадцать метров искусственного белого каррарского мрамора; по четырем углам взлетно-посадочной площадки рдели в вечернем небе гигантские знаки Т, а из двадцати четырех огромных золотых труб-рупоров лилась, рокоча, торжественная синтетическая музыка.

– Опаздываю, форд побери, – пробормотал Бернард, увидев циферблат «Большого Генри» на дворцовой башне. И в самом деле, не успел он расплатиться с таксистом, как зазвучали куранты.

– Форд, – бухнул густейший бас из золотых раструбов. – Форд, форд, форд... – и так девять раз. Бернард поспешил к лифту.

В нижнем этаже дворца – грандиозный актовый зал для празднования Дня Форда и других массовых фордослужений. А над залом – по сотне на этаж – семь тысяч помещений, где группы единения проводят дважды в месяц свои сходки. Бернард мигом спустился на тридцать четвертый этаж, пробежал коридор, приостановился перед дверью № 3210 и, собравшись с духом, открыл ее, вошел.

Слава Форду, не все еще в сборе. Три стула из двенадцати, расставленных по окружности широкого стола, еще не заняты. Он поскорей, понезаметней сел на ближайший и приготовился встретить тех, кто придет еще позже, укоризненным качанием головы.

– Ты сегодня в какой гольф играл – с препятствиями или в электромагнитный? – повернувшись к нему, спросила соседка слева.

Бернард взглянул на нее (Господи Форде! Это Моргана Ротшильд) и, краснея, признался. что не играл ни в какой. Моргана раскрыла глаза изумленно. Наступило неловкое молчание.

Затем Моргана подчеркнуто повернулась к своему соседу слева, не уклоняющемуся от спорта.

«Хорошенькое начало для сходки», – горько подумал Бернард, предчувствуя уже свою очередную неудачу – неполноту единения. Оглядеться надо было прежде, чем кидаться к стулу! Ведь можно же было сесть между Фифи Брэдлоу и Джоанной Дизель. А вместо этого он слепо сунулся к Моргане. К Моргане! О Господи! Эти черные ее бровищи – вернее, одна слитная бровища, потому что брови срослись над переносицей. Господи Форде! А справа – Клара Детердинг. Допустим, что у нее брови не срослись. Но Клара уж чересчур, чрезмерно пневматична. А вот Джоанна и Фифи – абсолютно в меру. Тугие блондиночки, не слишком крупные. И уже уселся между ними Том Кавагучи, верзила этот косолапый.

Последней пришла Сароджини Энгельс.

– Ты опоздала, – сурово сказал председатель группы. – Прошу, чтобы это не повторялось больше.

Сароджини извинилась и тихонько села между Джимом Бокановским и Гербертом Бакуниным. Теперь состав был полон, круг единения сомкнут и целостен. Мужчина, женщина, мужчина, женщина – чередование это шло по всему кольцу. Двенадцать сопричастников, чающих единения, готовых слить, сплавить, рас творить свои двенадцать раздельных особей в общем большом организме.

Председатель встал, осенил себя знаком Т и включил синтетическую музыку – квазидуховой и суперструнный ансамбль, щемяще повторяющий, под неустанное, негромкое биение барабанов, колдовски-неотвязную короткую мелодию Первой Песни единения. Опять, опять, опять – и не в ушах уже звучал этот пульсирующий ритм, а под сердцем где-то; звон и стон созвучий не головой воспринимались, а всем сжимающимся нутром.

Председатель снова сотворил знамение Т и сел. Фордослужение началось. В центре стола лежали освященные таблетки сомы. Из рук в руки передавалась круговая чаша клубничной сомовой воды с мороженым, и, произнеся: «Пью за мое растворение», каждый из двенадцати в свой черед осушил эту чашу. Затем, под звуки синтетического ансамбля, пропели Первую Песнь единения:

> Двенадцать воедино слей,
> Сбери нас, Форд, в поток единый,
> Чтоб понесло нас, как твоей
> Сияющей автомашиной...

Двенадцать зовущих к слиянию строф. Затем настало время пить по второй. Теперь тост гласил: «Пью за Великий Организм». Чаша обошла круг. Не умолкая, играла музыка. Били барабаны. От звенящих, стенящих созвучий замирало, млело, таяло нутро. Пропели Вторую Песнь единения, двенадцать куплетов опять:

> Приди, Великий Организм,
> И раствори в себе двенадцать.
> Большая, слившаяся жизнь
> Должна со смерти лишь начаться.

Сома стала уже оказывать свое действие. Заблестели глаза, разрумянились щеки, внутренним светом всеюбия и доброты озарились лица и заулыбались счастливо, сердечно. Даже Бернард и тот ощутил некоторое размягчение. Когда Моргана Ротшильд взглянула на него, лучась улыбкой, он улыбнулся в ответ как только мог лучисто. Но эта бровь, черная сплошная бровь – увы, бровища не исчезла; он не мог, не мог отвлечься от нее, как ни старался. Размягчение оказалось недостаточным. Возможно, если бы он сидел между Джоанной и Фифи...
По третьей стали пить. «Пью за близость Его Пришествия», – объявила Моргана, чья очередь была пускать чашу по кругу. Объявила громко, ликующе. Выпила и передала Бернарду. «Пью за близость Его Пришествия», – повторил он, искренне усиливаясь ощутить близость Высшего Организма; но бровища чернела неотступно, и для Бернарда Пришествие оставалось до ужаса неблизким. Он выпил, передал чашу Кларе Детердинг. «Опять не сольюсь, – подумал. – Уж точно не сольюсь». Но продолжал изо всех сил улыбаться лучезарно.

Чаша пошла по кругу. Председатель поднял руку, и по ее взмаху запели хором Третью Песнь единения:

> Его Пришествие заслышав,
> Истай, восторга не тая!
> В Великом Организме Высшем
> Я – это ты, ты – это я.

Строфа следовала за строфой, и голоса звучали все взволнованней. Воздух наэлектризованно вибрировал от близости Пришествия. Председатель выключил оркестр, и за финальной нотой финальной строфы настала полная тишина – тишь напрягшегося ожидания, дрожью, мурашками, морозом подирающего по спине. Председатель протянул руку; внезапно Голос, глубокий звучный Голос – музыкальней всякого человеческого голоса, гуще, задушевней, богаче трепетной любовью, и томлением, и жалостью, – таинственный, чудесный, сверхъестественный Голос раздался над их головами. «О Форд, Форд, Форд», – очень медленно произносил он, постепенно понижаясь, убывая. Сладостно растекалась в слушателях теплота – от солнечного сплетения к затылку и кончикам пальцев рук, ног; слезы подступали; сердце, все нутро взмывало и ворочалось. «О Форд!» – они истаивали; «Форд!» – растворялись, растворялись. И тут внезапно и ошеломительно:

– Слушайте! – трубно воззвал Голос. – Слушайте!

Они прислушались. Пауза – и Голос сник до шепота, но шепота, который потряс сильнее вопля:

– Шаги Высшего Организма...

И опять:

– Шаги Высшего Организма...

И совсем уж замирая:

– Шаги Высшего Организма слышны на ступенях.

И вновь настала тишина; и напряжение ожидания, на миг ослабшее, опять возросло, натянулось почти до предела. Шаги Высшего Организма – о, их слышно, их слышно теперь, они тихо звучат на ступенях, близясь, близясь, сходя по невидимым этим ступеням. Шаги Высшего, Великого... И напряжение зашло внезапно за предел. Расширив зрачки, раскрыв губы, Моргана Ротшильд поднялась рывком.

– Я слышу его, – закричала она. – Слышу!

– Он идет, – крикнула Сароджини.

– Да, он идет. Я слышу. – Фифи Брэдлоо и Том Кавагучи вскочили одновременно.

– О, о, о! – нечленораздельно возгласила Джоанна.

– Он близится! – завопил Джим Бокановский.

Подавшись вперед, председатель нажал кнопку, и ворвался бедлам медных труб и тарелок, исступленный бой тамтамов.

– Близится! Ай! – визгнула, точно ее режут, Клара Детердинг.

Чувствуя, что пора и ему проявить себя, Бернард тоже вскочил и воскликнул:

– Я слышу, он близится.

Неправда. Ничего он не слышал, и к нему ни кто не близился. Никто – невзирая на музыку, несмотря на растущее вокруг возбуждение. Но Бернард взмахивал руками, Бернард кричал, не отставая от других; и когда те начали приплясывать, притопывать, пришаркивать, то и он затанцевал и он затопотался.

Хороводом пошли они по кругу, каждый положив руки на бедра идущему перед ним, каждый восклицая и притопывая в такт музыке, отбивая, отбивая этот такт на ягодицах впереди идущего; закружили, закружили хороводом, хлопая гулко и все как один – двенадцать пар ладоней по двенадцати плотным задам. Двенадцать как один, двенадцать как один. «Я слышу, слышу, он идет». Темп музыки ускорился; быстрее затопали ноги, быстрей, быстрей забили ритм ладони. И тут мощный синтетический бас зарокотал, возвещая наступление единения, финальное слияние Двенадцати в Одно, в осуществленный, воплощенный Высший Организм. «Пей-гу-ляй-гу», – запел бас под ярые удары тамтамов:

> Пей-гу-ляй-гу, веселись,
> Друг-подруга, единись.
> Слиться нас Господь зовет,
> Обновиться нам дает.

– Пей-гу-ляй-гу, ве-се-лись, – подхватили пляшущие литургический запев, – друг-подру-га, е-ди-нись...

Освещение начало медленно меркнуть – но в то же время теплеть, делаться краснее, рдяней, – и вот уже они пляшут в вишневом сумраке Эмбрионария. «Пей-гу-ляй-гу...» В своем бутыльном, кровяного цвета мраке плясуны двигались вкруговую, отбивая, отбивая неустанно такт. «Ве-се-лись...» Затем хоровод дрогнул, распался, разделился, пары опустились на диваны, образующие внешнее кольцо вокруг стола и стульев. «Друг-подру-га...» Густо, нежно, задушевно ворковал могучий Голос; словно громадный негритянский голубь в красном сумраке благодетельно парил над лежащими теперь попарно плясунами.

Они стояли на крыше; «Большой Генри» только что проблаговестил одиннадцать. Ночь наступила тихая и теплая.

– Как дивно было! – сказала Фифи Брэдлоо, обращаясь к Бернарду. – Ну просто дивно!

Взгляд ее сиял восторгом, но в восторге этом не было ни следа волнения, возбуждения – ибо где полная удовлетворенность, там возбуждения уже нет. Восторг ее был тихим экстазом осуществленного слияния – покой не пустоты, не серой сытости, а покой гармонии, покой жизненных энергий, приведенных в равновесие. Покой обогащенной, обновленной жизни. Ибо сходка единения не только лишь взяла, но и дала – опустошила для того лишь, чтобы наполнить. Фифи всю, казалось, наполняло силами и совершенством; слияние для нее еще длилось.

– Ведь правда же дивно? – не унималась она, устремив на Бернарда эти свои сверхъестественно сияющие глаза.

– Да, именно дивно, – солгал он, глядя в сторону; ее преображенное лицо было ему и обвинением, и насмешливым напоминанием о его собственной неслиянности.

Бернард был сейчас все так же тоскливо отъединен от прочих, как и в начале сходки, – еще даже горше обособлен, ибо опустошен, но не наполнен – сыт, но мертвой сытостью. Оторван и далек в то время, когда другие растворялись в Высшем Организме; одинок даже в объятиях Морганы – одинок, как еще никогда в жизни, и безнадежней прежнего замурован в себе. Из вишневого сумрака в мир обычных электрических огней Бернард вышел с чувством отчужденности, обратившимся в настоящую муку. Он был до крайности несчастен, и возможно (в том обвиняло сияние глаз Фифи) – возможно, по своей же собственной вине.

– Именно дивно, – повторил он; но маячило в его мозгу по-прежнему одно – бровь Морганы.

Глава шестая

I

Чудно́й, чудно́й, чудно́й – такое сложилось у Линайны мнение о Бернарде. Чудной настолько, что в последовавшие затем недели она не раз подумывала: а не отменить ли поездку в Нью-Мексико и не слетать ли взамен с Бенито Гувером на Северный полюс? Но только была она уже на полюсе – недавно, прошлым летом, с Джорджем Эдзелом, – и без отрадно оказалось там. Заняться нечем, отель до жути устарелый – спальни без телевизоров, и запахового орга́на нет, а только самая наидряннейшая синмузыка, и всего-навсего двадцать пять эскалаторных кортов с лишним двести отдыхающих. Нет, снова на полюс – брр! Притом она разочек только летала в Америку. И то на два лишь дня, на уик-энд. Дешевая экскурсия в Нью-Йорк с Жан-Жаком Хабибуллой или с Бокановским Джонсом? Забыла уже. Да и какая разница? А полететь туда теперь на целую неделю – так заманчиво! Да к тому же из этой недели три дня, если не больше, провести в индейской резервации! Во всем их Центре лишь человек пять-шесть побывали в диких заповедниках. А Бернард как психолог-высшекастовик имеет право на пропуск к дикарям – среди ее знакомых чуть ли не единственный с таким правом. Так что случай из ряда вон. Но и странности у Бернарда настолько из ряда вон, что Линайна всерьез колебалась – не пренебречь ли этой редкостной возможностью и не махнуть ли все-таки на полюс с волосатеньким Бенито? По крайней мере Бенито нормален. А вот Бернард...

Для Фанни-то все его чудаковатости объяснялись одним – добавкой спирта в кровезаменитель. Но Генри, с которым Линайна как-то вечером в постели озабоченно стала обсуждать своего нового партнера, – Генри сравнил бедняжку Бернарда с носорогом.

– Носорога не выдрессируешь, – пояснил Генри в своей лаконично-энергичной манере. – Бывают и среди людей почти что носороги; формировке поддаются весьма туго. Бернард из таких горемык. Счастье его, что он работник неплохой. Иначе Директор давно бы с ним распростился. А впрочем, – прибавил Генри в утешение, – он, по-моему, вреда не причинит.

Вреда-то, может, и не причинит; но беспокойство очень даже причиняет. Взять хотя бы эту его манию уединяться, удаляться от общества. Ну чем можно заняться, уединясь вдвоем? (Не считая секса, разумеется, – но невозможно же заниматься все время только этим.) Ну правда, чем заняться, уйдя от общества? Да практически нечем. День, который они впервые проводили вместе, выдался особенно хороший. Линайна предложила поплавать в бассейне Торкийского пляжного клуба и затем пообедать в «Оксфорд-юнионе». Но Бернард возразил, что и в Торки, и в Оксфорде будет слишком людно.

– Ну тогда в Сент-Андрус, поиграем там в электромагнитный гольф.

Но опять не хочет Бернард: не стоит, видите ли, на гольф тратить время.

– А на что же его тратить? – спросила Линайна не без удивления.

На пешие, видите ли, прогулки по Озерному краю – именно это предложил Бернард. Приземлиться на вершине горы Скидо и побродить по вересковым пустошам.

– Вдвоем с тобой, Линайна.

– Но, Бернард, мы всю ночь будем вдвоем.

Бернард покраснел, опустил глаза.

– Я хочу сказать – побродим, поговорим вдвоем, – пробормотал он.

– Поговорим? Но о чем?

Бродить и говорить – разве так проводят люди день?

В конце концов она убедила Бернарда, как тот ни упирался, слетать в Амстердам на четвертьфинал чемпионата по борьбе среди женщин-тяжеловесов.

— Опять в толпу, — ворчал Бернард. — Вечно в толпе.

И до самого вечера хмурился упрямо; не вступал в разговоры с друзьями Линайны, которых они встречали множество в баре «Сомороженое» в перерывах между схватками; наотрез отказался полечить свою хандру сомовой водой с малиновым пломбиром, как ни убеждала Линайна.

— Предпочитаю быть самим собой, — сказал он. — Пусть хмурым, но собой. А не кем-то другим, хоть и развеселым.

— Дорога таблетка к невеселому дню, — блеснула Линайна перлом мудрости, усвоенной во сне.

Бернард с досадой оттолкнул протянутый фужер (полграмма сомы в сливочно-малиновом растворе).

— Не надо раздражаться, — сказала Линайна. — Помни: «Сому ам! — и нету драм».

— Замолчи ты, ради Форда! — воскликнул Бернард.

Линайна пожала плечами.

— Лучше полграмма, чем ругань и драма, — возразила она с достоинством и выпила фужер сама.

На обратном пути через Ла-Манш Бернард из упрямства выключил передний винт, и вертоплан повис всего метрах в тридцати над волнами. Погода стала уже портиться; подул с юго-запада ветер, небо заволоклось.

— Гляди, — сказал он повелительно Линайне.

Линайна поглядела и отшатнулась от окна:

— Но там ведь ужас!

Ее устрашила ветровая пустыня ночи, черная вздымающаяся внизу вода в клочьях пены, бледный, смятенный, чахлый лик луны среди бегущих облаков.

— Включим радио. Скорей! — Она потянулась к щитку управления, к ручке приемника, повернула ее наудачу.

— «...Там вечная весна, — запели, тремолируя, шестнадцать фальцетов, — небес голубизн...»

Ик! — щелкнуло и пресекло руладу. Это Бернард выключил приемник.

— Я хочу спокойно глядеть на море, — сказал он. — А этот тошный вой даже глядеть мешает.

— Но они очаровательно поют. И я не хочу глядеть.

— А я хочу, — не уступал Бернард. — От моря у меня такое чувство... — Он помедлил, поискал слова. — Я как бы становлюсь более собой. Понимаешь, самим собой, не вовсе без остатка подчиненным чему-то. Не просто клеточкой, частицей общественного целого. А на тебя, Линайна, неужели не действует море?

Но Линайна повторяла со слезами:

— Там ведь ужас, там ужас. И как ты можешь говорить, что не желаешь быть частицей общественного целого! Ведь каждый трудится для всех других. Каждый нам необходим. Даже от эпсилонов...

— Знаю, знаю, — сказал Бернард насмешливо. — «Даже от эпсилонов польза». И даже от меня. Но чихал я на эту пользу!

Линайну ошеломило услышанное фордохульство.

— Бернард! — воскликнула она изумленно и горестно. — Как это ты можешь?

— Как это могу я? — Он говорил уже спокойней, задумчивей. — Нет, по-настоящему спросить бы надо: «Как это я не могу?», или вернее — я ведь отлично знаю, отчего я не могу. — «А что, если бы я мог, если б я был свободен, а не сформован по-рабьи?»

— Но, Бернард, ты говоришь ужаснейшие вещи.

— А ты бы разве не хотела быть свободной?

– Не знаю, о чем ты говоришь. Я и так свободна. Свободна веселиться, наслаждаться. Теперь каждый счастлив.

– Да, – засмеялся Бернард. – «Теперь каждый счастлив». Мы вдалбливаем это детям, начиная с пяти лет. Но разве не манит тебя другая свобода – свобода быть счастливой как-то по-иному? Как-то, скажем, по-своему, а не на общий образец?

– Не знаю, о чем ты, – повторила она и, повернувшись к нему: – О, Бернард, летим дальше! – сказала умоляюще Линайна. – Мне здесь невыносимо.

– Разве ты не хочешь быть со мной?

– Да хочу же! Но не среди этого ужаса.

– Я думал, здесь... думал, мы сделаемся ближе друг другу – здесь, где только море и луна. Ближе, чем в той толпе, чем даже дома у меня. Неужели тебе не понять?

– Ничего не понять мне, – решительно сказала она, утверждаясь в своем непонимании. – Ничего. И непонятней всего, – продолжала она мягче, – почему ты не примешь сому, когда у тебя приступ этих мерзких мыслей. Ты бы забыл о них тут же. И не тосковал бы, а веселился. Со мною вместе. – И сквозь тревогу и недоумение она улыбнулась, делая свою улыбку чувственной, призывной, обольстительной.

Он молча и очень серьезно смотрел на нее, не отвечая на призыв, – смотрел пристально. И через несколько секунд Линайна дрогнула и отвела глаза с неловким смешком; хотела замять неловкость и не нашлась, что сказать. Пауза тягостно затянулась.

Наконец Бернард заговорил – тихо и устало.

– Ну, ладно, – произнес он, – летим дальше. – И, выжав педаль акселератора, послал машину резко ввысь. На километровой высоте он включил передний винт. Минуты две они летели молча. Затем Бернард неожиданно начал смеяться. По-чудному как-то, подумалось Линайне, – но все же засмеялся.

– Лучше стало? – рискнула она спросить.

Вместо ответа он снял одну руку со штурвала и обнял ее этой рукой, нежно поглаживая груди.

«Слава Форду, – подумала она, – вернулся в норму».

Еще полчаса – и они уже в квартире Бернарда. Он проглотил сразу четыре таблетки сомы, включил телевизор и радио и стал раздеваться.

* * *

– Ну как? – спросила Линайна многозначительно-лукаво, когда назавтра они встретились под вечер на крыше. – Ведь славно же было вчера?

Бернард кивнул. Они сели в машину. Вертоплан дернулся, взлетел.

– Все говорят, что я ужасно пневматична, – задумчивым тоном сказала Линайна, похлопывая себя по бедрам.

– Ужасно, – подтвердил Бернард. Но в глазах его мелькнула боль. «Будто о куске мяса говорят», – подумал он.

Линайна поглядела на него с некоторой тревогой.

– А не кажется тебе, что я чересчур полненькая?

– Нет, – успокоительно качнул он головой. («Будто о куске мяса...»)

– Я ведь как раз в меру?

Бернард кивнул.

– По всем статьям хороша?

– Абсолютно по всем, – заверил он. И подумал: «Она и сама так на себя смотрит. Ей не обидно быть куском мяса».

Линайна улыбнулась торжествующе. Но, как оказалось, прежде времени.

— А все же, – продолжал он, помолчав, – пусть бы кончилось у нас вчера по-другому.

– По-другому? (А какие другие бывают концы?)

– Я не хотел, чтобы кончилось у нас вчера постелью, – уточнил он.

Линайна удивилась.

– Пусть бы не сразу, не в первый же вечер.

– Но чем же тогда?..

В ответ Бернард понес несусветную и опасную чушь. Линайна мысленно заткнула себе уши поплотней; но отдельные фразы то и дело прорывались в ее сознание:

– ...попробовать бы, что получится, если застопорить порыв, отложить исполнение желания...

Слова эти задели некий рычажок в ее мозгу.

– Не откладывай на завтра то, чем можешь насладиться сегодня, – с важностью произнесла она.

– Двести повторений дважды в неделю с четырнадцати до шестнадцати с половиной лет, – сухо отозвался он на это. И продолжал городить свой дикий вздор. – Я хочу познать страсть, – доходили до Линайны фразы. – Хочу испытать сильное чувство.

– Когда страстями увлекаются, устои общества шатаются, – молвила Линайна.

– Ну и пошатались бы – что за беда.

– Бернард!

Но Бернарда не унять было.

– В умственной сфере и в рабочие часы мы взрослые. А в сфере чувства и желания – младенцы.

– Господь наш Форд любил младенцев.

Словно не слыша, Бернард продолжал:

– Меня осенило на днях, что можно ведь быть взрослым во всех сферах жизни.

– Не понимаю, – твердо возразила Линайна.

– Знаю, что не понимаешь. Потому-то мы и легли сразу в постель, как младенцы, а не повременили с этим, как взрослые.

– Но было же славно, – не уступала Линайна. – Ведь славно?

– Еще бы не славно, – ответил он, но таким скорбным тоном, с такой унылостью в лице, что весь остаток торжества Линайны улетучился. «Видно, все-таки показалась я ему слишком полненькой».

– Предупреждала я тебя, – только и сказала Фанни, когда Линайна поделилась с ней своими печалями. – Это все спирт, который влили ему в кровезаменитель.

– А все равно он мне нравится, – не сдалась Линайна. – У него ужасно ласковые руки. И плечиками вздергивает до того мило. – Она вздохнула. – Жалко лишь, что он такой чудно́й.

II

Перед дверью директорского кабинета Бернард перевел дух, расправил плечи, зная, что за дверью его ждет неодобрение и неприязнь, и готовя себя к этому. Постучал и вошел.

— Нужна ваша подпись на пропуске, — сказал он как можно беззаботнее и положил листок Директору на стол.

Директор покосился на Бернарда кисло. Но пропуск был со штампом канцелярии Главноуправителя, и внизу размашисто чернело: Мустафа Монд. Все в полнейшем порядке. Придраться было не к чему. Директор поставил свои инициалы — две бледные приниженные буковки в ногах у жирной подписи Главноуправителя — и хотел уже вернуть листок без всяких комментариев и без напутственного дружеского «С Фордом!», но тут взгляд его наткнулся на слово «Нью-Мексико».

— Резервация в Нью-Мексико? — произнес он, и в голосе его неожиданно послышалось — и на лице, поднятом к Бернарду, изобразилось — взволнованное удивление.

В свою очередь удивленный, Бернард кивнул. Пауза.

Директор откинулся на спинку кресла, хмурясь.

— Сколько же тому лет? — проговорил он, обращаясь больше к себе самому, чем к Бернарду. — Двадцать, пожалуй. Если не все двадцать пять. Я был тогда примерно в вашем возрасте... — Он вздохнул, покачал головой.

Бернарду стало неловко в высшей степени. Директор, человек предельно благопристойный, щепетильно корректный, и на тебе — совершает такой вопиющий ляпсус! Бернарду хотелось отвернуться, выбежать из кабинета. Не то чтобы он сам считал в корне предосудительным вести речь об отдаленном прошлом — от подобных гипнопедических предрассудков он уже полностью освободился, как ему казалось. Конфузно ему стало оттого, что Директор был ему известен как ярый враг нарушения приличия — и вот этот же самый Директор нарушал теперь запрет. Что же его понудило, толкнуло предаться воспоминаниям? Подавляя неловкость, Бернард жадно слушал.

— Мне, как и вам, — говорил Директор, — захотелось взглянуть на дикарей. Я взял пропуск в Нью-Мексико и отправился туда на краткий летний отдых. С девушкой, моей очередной подругой. Она была бета-минусовичка и, кажется... (он закрыл глаза), кажется, русоволосая. Во всяком случае, пневматична, чрезвычайно пневматична — это я помню. Ну-с, глядели мы там на дикарей, на лошадях катались и тому подобное. А потом — уже почти в последний день моего отпуска, — потом вдруг... пропала без вести моя подруга. Мы с ней поехали кататься на одну из этих мерзких гор, было невыносимо жарко, душно, и поев, мы прилегли и уснули. Вернее, я уснул. Она же, видимо, встала и пошла прогуляться. Когда я проснулся, ее рядом не было. А разразилась ужасающая гроза, буквально ужасающая. Лило, грохотало, слепило молниями; лошади наши сорвались с привязи и ускакали; я упал, пытаясь удержать их, и ушиб колено, да так, что вконец охромел. Но все же я искал, звал, разыскивал. Нигде ни следа. Тогда я подумал, что она, должно быть, вернулась одна на туристский пункт отдыха. Чуть не ползком стал спускаться обратно в долину. Колено болело мучительно, а свои таблетки сомы я потерял. Спускался я не один час. Уже после полуночи добрался до пункта. И там ее не было; там ее не было, — повторил Директор. Помолчал. — На следующий день провели поиски. Но найти мы ее не смогли. Должно быть, упала в ущелье куда-нибудь или растерзал ее кугуар. Одному Форду известно. Так или иначе, происшествие ужасное. Расстроило меня чрезвычайно. Я бы даже сказал: чрезмерно. Ибо, в конце концов, несчастный случай такого рода может произойти с каждым; и, разумеется, общественный организм продолжает жить, несмотря на смену составляющих его клеток. — Но, по-видимому, это гипнопедическое утешение не вполне утешало

Директора. Опустив голову, он тихо сказал: – Мне даже снится иногда, как я вскакиваю от удара грома, а ее нет рядом, как ищу, ищу, ищу ее в лесу. – Он умолк, ушел в воспоминания.

– Большое вы испытали потрясение, – сказал Бернард почти с завистью.

При звуке его голоса Директор вздрогнул и очнулся; бросил какой-то виноватый взгляд на Бернарда, опустил глаза, побагровел; метнул на Бернарда новый взгляд – опасливый – и с гневным достоинством произнес:

– Не воображайте, будто у меня с девушкой было что-либо неблагопристойное. Ровно ничего излишне эмоционального или не в меру продолжительного. Взаимопользование наше было полностью здоровым и нормальным. – Он вернул Бернарду пропуск. – Не знаю, зачем я рассказал вам этот незначительный и скучный эпизод.

И с досады на то, что выболтал постыдный свой секрет, Директор вдруг свирепо накинулся на Бернарда:

– И я хотел бы воспользоваться случаем, мистер Маркс (в глазах Директора теперь была откровенная злоба), чтобы сообщить вам, что меня нимало не радуют сведения, которые я получаю о вашем внеслужебном поведении. Вы скажете, что это меня не касается. Нет, касается. На мне лежит забота о репутации нашего Центра. Мои работники должны вести себя безупречно, в особенности члены высших каст. Формирование альфовиков не предусматривает бессознательного следования инфантильным нормам поведения. Но тем сознательнее и усерднее должны альфовики следовать этим нормам. Быть инфантильным, младенческинормальным даже вопреки своим склонностям – их прямой долг. Итак, вы предупреждены. – Голос Директора звенел от гнева, уже вполне самоотрешенного и праведного, – был уже голосом всего осуждающего Общества. – Если я опять услышу о каком-либо вашем отступлении от младенческой благовоспитанности и нормальности, то осуществлю ваш перевод в один из филиалов Центра – предпочтительно в Исландию. Честь имею. – И, повернувшись в своем вращающемся кресле прочь от Бернарда, он взял перо, принялся что-то писать.

«Привел в чувство голубчика», – думал Директор. Но он ошибался. Бернард вышел гордо, хлопнув дверью, – ликуя от мысли, что он один геройски противостоит всему порядку вещей; его окрыляло, пьянило сознание своей особой важности и значимости. Даже мысль о гонениях не угнетала, а скорей бодрила. Он чувствовал в себе довольно сил, чтобы бороться с бедствиями и преодолевать их, даже Исландия его не пугала. И тем увереннее был он в своих силах, что ни на секунду не верил в серьезность опасности. За такой пустяк людей не переводят. Исландия – не больше чем угроза. Бодрящая, живительная угроза. Шагая коридором, он даже насвистывал.

Вечером он поведал Гельмгольцу о стычке с Директором, и отвагою дышала его повесть. Заканчивалась она так:

– А в ответ я попросту послал его в Бездну Прошлого и круто вышел вон. И точка.

Он ожидающе глянул на Гельмгольца, надеясь, что друг наградит его должной поддержкой, пониманием, восхищением. Но не тут-то было. Гельмгольц сидел молча, уставившись в пол.

Он любил Бернарда, был благодарен ему за то, что с ним единственным мог говорить о вещах, по-настоящему важных. Однако были в Бернарде неприятнейшие черты. Это хвастовство, например. И чередуется оно с приступами малодушной жалости к себе. И эта удручающая привычка храбриться после драки, задним числом выказывать необычайное присутствие духа, ранее отсутствовавшего, Гельмгольц терпеть этого не мог – именно потому, что любил Бернарда. Шли минуты. Гельмгольц упорно не подымал глаз. И внезапно Бернард покраснел и отвернулся.

III

Полет был ничем не примечателен. «Синяя Тихоокеанская Ракета» в Новом Орлеане села на две с половиной минуты раньше времени, затем потеряла четыре минуты, попав в ураган над Техасом, но, подхваченная на 95-м меридиане попутным воздушным потоком, сумела приземлиться в Санта-Фе с менее чем сорокасекундным опозданием.

— Сорок секунд на шесть с половиной часов полета. Не так уж плохо, — отдала должное экипажу Линайна.

В Санта-Фе и заночевали. Отель там оказался отличный — несравненно лучше, скажем, того ужасного «Полюсного сияния», где Линайна так томилась и скучала прошлым летом. В каждой спальне здесь подача сжиженного воздуха, телевидение, вибровакуумный массаж, радио, кипящий раствор кофеина, подогретые противозачаточные средства и на выбор восемь краников с духами. В холле встретила их синтетическая музыка, не оставляющая желать лучшего. В лифте плакатик доводил до сведения, что при отеле шестьдесят эскалаторно-теннисных кортов, и приглашал в парк на гольф — как электромагнитный, так и с препятствиями.

— Но это просто замечательно, — воскликнула Линайна. — Прямо ехать никуда больше не хочется. Шестьдесят кортов!..

— А в резервации ни одного не будет, — предупредил Бернард. — И ни духов, ни телевизора, ни даже горячей воды. Если ты без этого не сможешь, то оставайся и жди меня здесь.

Линайна даже обиделась.

— Отчего же не смогу? Я только сказала, что тут замечательно, потому что... ну потому, что замечательная же вещь прогресс.

— Пятьсот повторений, раз в неделю, от тринадцати до семнадцати, — уныло пробурчал Бернард себе под нос.

— Ты что-то сказал?

— Я говорю: прогресс — замечательная вещь. Поэтому если тебе не слишком хочется в резервацию, то и не надо.

— Но мне хочется.

— Ладно, едем, — сказал Бернард почти угрожающе.

На пропуске полагалась еще виза Хранителя резервации, и утром они явились к нему. Негр, эпсилон-плюсовик, отнес в кабинет визитную карточку Бернарда, и почти сразу же их пригласили туда.

Хранитель был коренастенький альфа-минусовик — короткоголовый блондин с круглым красным лицом и гудящим, как у лектора-гипнопеда, голосом. Он немедленно засыпал их нужной и ненужной информацией и непрошеными добрыми советами. Раз начав, он уже не способен был остановиться.

— ...пятьсот шестьдесят тысяч квадратных километров и разделяется на четыре обособленных участка, каждый из которых окружен высоковольтным проволочным ограждением.

Тут Бернард почему-то вспомнил вдруг, что в ванной у себя дома не завернул одеколонный краник.

— Ток в ограду поступает от Гранд-Каньонской гидростанции.

«Пока вернусь в Лондон, вытечет на колоссальную сумму. — Бернард мысленно увидел, как стрелка расходомера ползет и ползет по кругу — муравьино, неустанно. — Быстрей позвонить Гельмгольцу».

— ...пять с лишним тысяч километров ограды под напряжением в шестьдесят тысяч вольт. — Хранитель сделал драматическую паузу, и Линайна учтиво изумилась:

— Неужели!

Она понятия не имела, о чем гудит Хранитель. Как только он начал разглагольствовать, она незаметно проглотила таблетку сомы и теперь сидела, блаженно не слушая и ни о чем не думая, но не отрывным взором больших синих глаз выражая упоенное внимание.

– Прикосновение к ограде влечет моментальную смерть, – торжественно сообщил Хранитель. – Отсюда вытекает невозможность выхода из резервации.

Слово «вытекает» подстегнуло Бернарда.

– Пожалуй, – сказал он, привставая, – мы уже отняли у вас довольно времени. (Черная стрелка спешила, ползла юрким насекомым, сгрызая время, пожирая деньги Бернарда.)

– Из резервации выход невозможен, – повторил Хранитель, жестом веля Бернарду сесть; и поскольку пропуск не был еще завизирован, Бернарду пришлось подчиниться. – Для тех, кто там родился, – а не забывайте, дорогая моя девушка... – прибавил он, маслено глядя на Линайну и переходя на плотоядный шепот: – Не забывайте, что в резервации дети все еще родятся, именно рождаются, как ни отталкивающе это звучит... – Он надеялся, что непристойная тема заставит Линайну покраснеть; но она лишь улыбнулась, делая вид, что слушает и вникает, и сказала: «Неужели!» Хранитель разочарованно продолжил: – Для тех, повторяю, кто там родился, вся жизнь до последнего дня должна протечь в пределах резервации.

Протечь... Сто кубиков одеколона каждую минуту. Шесть литров в час.

– Пожалуй, – опять начал Бернард, – мы уже...

Хранитель, наклонясь вперед, постучал по столу указательным пальцем.

– Вы спросите меня, какова численность жителей резервации. А я отвечу вам, – прогудел он торжествующе, – я отвечу, что мы не знаем. Оцениваем лишь предположительно.

– Неужели!

– Именно так, милая моя девушка.

Шесть помножить на двадцать четыре – нет, уже тридцать шесть часов протекло почти. Бернард побледнел, дрожал от нетерпения. Но Хранитель неумолимо продолжал гудеть:

– ...тысяч примерно шестьдесят индейцев и метисов... полнейшие дикари... наши инспектора навещают время от времени... никакой иной связи с цивилизованным миром... по-прежнему хранят свой отвратительный уклад жизни... вступают в брак – но вряд ли вам, милая девушка, знаком этот термин; живут семьями... о научном формировании психики нет и речи... чудовищные суеверия... христианство, тотемизм, поклонение предкам... говорят лишь на таких вымерших языках, как зуньи, испанский, атапасский... дикобразы, пумы и прочее свирепое зверье... заразные болезни... жрецы... ядовитые ящерицы...

– Неужели!

Наконец им все же удалось уйти. Бернард кинулся к телефону. Скорей, скорей; но чуть не целых три минуты его соединяли с Гельмгольцем.

– Словно мы уже среди дикарей, – пожаловался он Линайне. – Безобразно медленно работают!

– Прими таблетку, – посоветовала Линайна.

Он отказался, предпочитая злиться. И наконец его соединили, Гельмгольц слушает – и Бернард объяснил, что случилось, и тот пообещал незамедлительно, сейчас же слетать туда, закрыть кран, да-да, сейчас же, но сообщил кстати Бернарду, что Директор Инкубатория вчера вечером объявил...

– Как? Ищет психолога на мое место? – повторил Бернард горестным голосом. – Уже и решено? Об Исландии упомянул? Господи Форде! В Исландию... – Он положил трубку, повернулся к Линайне. Лицо его было как мел, вид – убитый.

– Что случилось? – спросила она.

– Случилось... – Он тяжело опустился на стул. – Меня отправляют в Исландию.

Часто он, бывало, раньше думал, что не худо бы перенести какое-нибудь суровое испытание, мучение, гонение – причем без сомы, опираясь лишь на собственную силу духа; ему прямо мечталось об ударе судьбы. Всего неделю назад, у Директора, он воображал, будто способен бесстрашно противостоять насилию – стоически, без слова жалобы, страдать. Угрозы Директора только окрыляли его, возносили над жизнью. Но, как теперь он понял, потому лишь окрыляли, что он не принимал их полностью всерьез; он не верил, что Директор в самом деле будет действовать. Теперь, когда угрозы зримо осуществлялись, Бернард пришел в ужас. От воображаемого стоицизма, от сочиненного бесстрашия не осталось и следа.

Он бесился на себя: какой же я дурак! Бесился на Директора: как это несправедливо – не дать даже возможности исправиться (а он теперь не сомневался, что хотел, ей-форду, хотел исправиться). И в Исландию, в Исландию...

Линайна покачала головой.

– «Примет сому человек – время прекращает бег, – напомнила она. – Сладко человек забудет и что было, и что будет».

В конце концов она уговорила его проглотить четыре таблетки сомы. И в несколько минут прошлое с будущим исчезло; розово расцвел цвет настоящего. Позвонил портье отеля и сказал, что по распоряжению Хранителя прилетел за ними охранник из резервации и ждет с вертопланом на крыше. Они без промедления поднялись туда. Очень светлый мулат в гамма-зеленой форме поприветствовал их и ознакомил с программой сегодняшней экскурсии.

В первой половине дня – облет и обзор сверху десяти – двенадцати основных поселений-пуэбло, затем приземление и обед в долине Мальпаис. Там неплохой туристский пункт, а наверху, в пуэбло у дикарей, – летнее празднество должно быть. Закончить день там будет интереснее всего.

Они сели в вертоплан, поднялись в воздух. Через десять минут они были уже над рубежом, отделяющим цивилизацию от дикости. Пересекая горы и долы, солончаки и пески, леса и лиловые недра каньонов, через утесы, острые пики и плоские месы, гордо и неудержимо по прямой шла вдаль ограда – геометрический символ победной воли человека. А у ее подножия там и сям белела мозаика сухих костей, темнел еще не сгнивший труп на рыжеватой почве, отмечая место, где коснулся смертоносных проводов бык или олень, кугуар, дикобраз или койот или слетел на мертвечину гриф и сражен был током, словно небесной карой за прожорливость.

– Нету им науки, – сказал зеленый охранник-пилот, указывая на белые скелеты внизу. – Неграмотная публика, – прибавил он со смехом, будто торжествуя личную победу над убитыми током животными.

Бернард тоже засмеялся; после принятых двух граммов сомы шуточка мулата показалась забавной. А посмеявшись, тут же и уснул, и сонный пролетел над Таосом и Тесукве, над Намбе, Пикурисом и Похоакве, над Сиа и Кочити, над Лагуной, Акомой и Заколдованной Месой, над Зуньи, Сиболой и Охо-Кальенте, – когда же проснулся, вертоплан стоял уже на земле, Линайна с чемоданами в руках входила в квадратное зданьице, а зеленый пилот говорил на непонятном языке с хмурым молодым индейцем.

– Прилетели, – сказал пилот вышедшему из кабины Бернарду. – Мальпаис, туристский пункт. А ближе к вечеру в пуэбло будет пляска. Он проведет вас. – Мулат кивнул на индейца. – Потеха там, думаю, будет. – Он широко ухмыльнулся. – Они все делают потешно. – И с этими словами он сел в кабину, запустил моторы. – Завтра я вернусь. Не беспокойтесь, – сказал он Линайне, – они не тронут, дикари полностью ручные. Химические бомбы отучили их кусаться. – Ухмыляясь, он включил верхние винты, нажал на акселератор и улетел.

Глава седьмая

Меса была как заштилевший корабль среди моря светло-бурой пыли – вернее, среди извилистого неширокого пролива. Между крутыми его берегами, по дну долины косо шла зеленая полоса – река с приречными полями. А на каменном корабле месы, на носу корабля, стояло поселение-пуэбло Мальпаис и казалось скальным выростом четких, прямых очертаний. Древние дома вздымались многоярусно, как ступенчатые усеченные пирамиды. У подошвы их был ералаш низеньких построек, путаница глиняных заборов – и затем отвесно падали обрывы на три стороны в долину. Несколько прямых столбиков дыма таяло в безветренной голубой вышине.

– Странно здесь, – сказала Линайна. – Очень странно. – («Странно» было у Линайны словом осуждающим.) – Не нравится мне. И человек этот не нравится. – Она кивнула на индейца-провожатого. Неприязнь была явно обоюдной: даже спина индейца, шедшего впереди, выражала враждебное, угрюмое презрение. – И потом, – прибавила она вполголоса, – от него дурно пахнет.

Бернард не стал отрицать этот факт. Они продолжали идти.

Неожиданно воздух весь ожил, запульсировал, словно наполнясь неустанным сердцебиением. Это сверху, из Мальпаиса, донесся барабанный бой. Они ускорили шаги, подчиняясь ритму таинственного этого сердца. Тропа привела их к подножию обрыва. Над ними возносил свои борта почти на сотню метров корабль месы.

– Ах, зачем с нами нет вертоплана, – сказала Линайна, обиженно глядя на голую кручу. – Ненавижу пешее карабканье. Стоя под горой, кажешься такою маленькой.

Прошагали еще некоторое расстояние в тени холма, обогнули скальный выступ и увидели рассекающую склон ложбину, овражную промоину. Стали подыматься по ней, как по корабельному трапу. Тропинка шла крутым зигзагом. Пульс барабанов делался иногда почти неслышен, а порой казалось, что они бьют совсем где-то рядом.

На половине подъема орел пролетел мимо них – так близко, что в лицо им дохнул холодноватый ветер крыльев. Куча костей валялась в расщелине. Все было угнетающе-странным, и от индейца пахло все сильнее. Наконец они вышли наверх, в яркий солнечный свет. Меса лежала перед ними плоской каменной палубой.

– Как будто мы на диске Черинг-Тийской башни, – обрадовалась Линайна. Но недолго пришлось радоваться этому успокоительному сходству. Мягкий топот ног заставил их обернуться. Темно-коричневые, обнаженные от горла до пупка и разрисованные белыми полосами («Как теннисные корты на асфальте», – рассказывала потом Линайна), с лицами, нелюдски заляпанными алым, черным и охряным, по тропе навстречу им бежали два индейца. В их черные косы были вплетены полоски лисьего меха и красные лоскуты. Легкие, индюшиного пера, накидки развевались за плечами; окружая голову, пышнели высокие короны перьев. На бегу звенели и бряцали серебряные их браслеты, тяжелые мониста из костяных и бирюзовых бус. Они бежали молча, спокойно в своих оленьих мокасинах. Один держал метелку из перьев; у другого в каждой руке было три или четыре толстые веревки. Одна веревка косо дернулась, извилась, и Линайна вдруг увидела, что это змеи.

Бегущие близились, близились; их черные глаза смотрели на Линайну, но как бы совершенно не видя, как будто она – пустое место. Змея, дернувшись, опять обвисла. Индейцы пробежали мимо.

– Не нравится мне, – сказала Линайна. – Не нравится мне.

Но еще меньше понравилось ей то, что встретило при входе в пуэбло, где индеец их оставил, а сам пошел сказать о гостях. Грязь их встретила, кучи отбросов, пыль, собаки, мухи. Лицо Линайны сморщилось в гадливую гримасу. Она прижала к носу платочек.

— Да как они могут так жить? — воскликнула она, негодуя, не веря глазам.

Бернард пожал философски плечами.

— Они ведь не со вчерашнего дня так живут, — сказал он. — За пять-шесть тысяч лет попривыкли, должно быть.

— Но чистота — залог благофордия, — не успокаивалась Линайна.

— Конечно. И без стерилизации нет цивилизации, — насмешливо процитировал Бернард заключительную фразу второго гипнопедического урока по основам гигиены. — Но эти люди никогда не слышали о Господе нашем Форде, они не цивилизованы. Так что не имеет смысла...

— Ой! — Она схватила его за руку. — Гляди.

С нижней террасы соседнего дома сходил очень медленно по лесенке почти нагой индеец — спускался с перекладины на перекладину с трясучей осторожностью глубокой старости. Лицо его было изморщинено и черно, как обсидиановая маска. Беззубый рот ввалился. По углам губ и с боков подбородка торчали редкие длинные щетинки, белесо поблескивая на темной коже. Незаплетенные волосы свисали на плечи и грудь седыми космами. Тело было сгорбленное, тощее — кожа, присохшая к костям. Мешкотно, медлительно спускался он, останавливаясь на каждой перекладине.

— Что с ним такое? — шепнула пораженная Линайна, широкоглазая от ужаса.

— Старость, вот и все, — ответил Бернард самым небрежным тоном. Он тоже был ошеломлен, но крепился и не подавал виду.

— Старость? — переспросила она. — Но и наш Директор стар, многие стары; но у них же нет ничего подобного.

— Потому что мы не даем им дряхлеть. Мы ограждаем их от болезней. Искусственно поддерживаем их внутренне-секреторный баланс на юношеском уровне. Не позволяем магниево-кальциевому показателю упасть ниже цифры, соответствующей тридцати годам. Вливаем им молодую кровь. Постоянно стимулируем у них обмен веществ. И конечно, они выглядят иначе. Отчасти потому, — прибавил он, — что они в большинстве своем умирают задолго до возраста, какого достигла эта развалина. У них молодость сохраняется почти полностью до шестидесяти лет, а затем — хруп! — и конец.

Но Линайна не слушала. Она смотрела на старика. Медленно, медленно спускался он. Ноги его коснулись наконец земли. Тело повернулось. Глубоко запавшие глаза были еще необычайно ясны. Они неторопливо поглядели на Линайну, не выразив ни удивления, ничего, словно ее здесь и не было. Сутуло, медленно старик проковылял мимо и скрылся.

— Но это ужас, — прошептала Линайна. — Это страх и ужас. Нельзя было нам сюда ехать. Она сунула руку в карман — за сомой — и обнаружила, что по оплошности, какой с ней еще не случалось, забыла свой флакончик на туристском пункте. У Бернарда карманы тоже были пусты.

Приходилось противостоять ужасам Мальпаиса без крепительной поддержки. А ужасы наваливались на Линайну один за другим. Вон две молодые женщины кормят грудью младенцев — Линайна вспыхнула и отвернулась. Никогда в жизни не сталкивалась она с таким непристойным зрелищем. А тут еще Бернард, вместо того чтобы тактично не заметить, принялся вслух комментировать эту омерзительную сцену из быта живородящих. У него уже кончилось действие сомы, и, стыдясь слабонервности, проявленной утром в отеле, он теперь всячески старался показать, как он силен и независим духом.

— Что за чудесная, тесная близость существ, — восхитился он, намеренно порывая с приличиями. — И какую должна она порождать силу чувства! Я часто думаю: быть может, мы теряем что-то, не имея матери. И возможно, ты теряешь что-то, лишаясь материнства. Вот представь, Линайна, — ты сидишь там, кормишь свое родное дитя...

— Бернард! Как не стыдно!

В это время прошла перед ними старуха с воспалением глаз и болезнью кожи – и Линайна уж и возмущаться перестала.

– Уйдем отсюда, – сказала она просяще. – Мне противно.

Но тут вернулся провожатый и, сделав знак, повел их узкой улочкой между домами. Повернули за угол. Дохлый пес валялся на куче мусора; зобастая индианка искала в голове у маленькой девочки. Проводник остановился у приставной лестницы, махнул рукой сперва вверх, затем вперед. Они повиновались этому молчаливому приказу – поднялись по лестнице и через проем в стене вошли в длинную узкую комнату; там было сумрачно и пахло дымом, горелым жиром, заношенной, нестираной одеждой. Сквозь дверной проем в другом конце комнаты падал на пол свет солнца и доносился бой барабанов, громкий, близкий.

Пройдя туда, они оказались на широкой террасе. Под ними, плотно окруженная уступчатыми домами, была площадь, толпился у домов народ. Пестрые одеяла, перья в черных волосах, мерцание бирюзы, темная кожа, влажно блестящая от зноя. Линайна снова прижала к носу платок. Посреди площади виднелись из-под земли две круговые каменные кладки, накрытые плоскими кровлями, – видимо, верха двух подземных помещений; в цент ре каждой кровли – круглой, глиняной, утоптанной – открытый люк, и торчит из темноты оттуда деревянная лестница. Внизу там играют на флейтах, но звук их почти заглушен ровным, неумолимо упорным боем барабанов.

Барабаны Линайне понравились. Она закрыла глаза, и рокочущие барабанные раскаты заполнили ее сознание, заполонили, и вот уже остался в мире один этот густой рокот. Он успокоительно напоминал синтетическую музыку на сходках единения и празднованиях Дня Форда. «Пей-гу-ляй-гу», – мурлыкнула Линайна. Ритм в точности такой же.

Раздался внезапный взрыв пения: сотни мужских голосов в унисон металлически-резко взяли несколько свирепых длинных нот. И – тишина, раскатистая тишина барабанов; затем пронзительный, заливчатый хор женщин дал ответ. И снова барабаны; и опять дикое, медное утверждение мужского начала.

Странно? Да, странно. Обстановка странная, и музыка, и одежда странная, и зобы, и кожные болезни, и старики. Но в самом хоровом действе вроде ничего такого уж и странного.

– Похоже на праздник песнословия у низших каст, – сказала Линайна Бернарду.

Однако сходство с тем невинным праздником тут же стало и кончаться. Ибо неожиданно из круглых подземелий повалила целая толпа устрашающих чудищ. В безобразных масках или размалеванные до потери человеческого облика, они пустились в причудливый пляс – вприхромку, топочуще, с пением; сделали по площади круг, другой, третий, четвертый, – выстряяя пляску с каждым новым кругом; и барабаны убыстрили ритм, застучавший лихорадочно в ушах; и народ запел вместе с плясунами, громче и громче; и сперва одна из женщин испустила истошный вопль, а за ней еще, еще; затем вдруг головной плясун выскочил из круга, подбежал к деревянному сундуку, стоявшему на краю площади, откинул крышку и выхватил оттуда двух черных змей.

Громким криком отозвалась площадь, и остальные плясуны все побежали к нему, протягивая руки. Он кинул змей тем, что подбежали первыми, и опять нагнулся к сундуку. Все новых змей – черных, коричневых, крапчатых – доставал он, бросал плясунам. И танец начался снова, в ином ритме. Со змеями в руках пошли они по кругу, змеисто сами извиваясь, волнообразно изгибаясь в коленях и бедрах. Сделали круг, и еще. Затем, по знаку головного, один за другим пробросали змей в центр площади; поднялся из люка старик и сыпнул на змей кукурузной мукой, а из другого подземелья вышла женщина и окропила их водой из черного кувшина. Затем старик поднял руку, и – жуткая, пугающая – мгновенно воцарилась тишина. Смолкли барабаны, жизнь словно разом оборвалась. Старик простер руки к отверстиям, устьям подземного мира. И медленно возносимые – а кем, сверху не видно, – возникли два раскрашенных изваяния; из первого люка – орел, из второго – нагой человек, пригвожденный к кресту. Изваяния повисли, точно сами собой держась в воздухе и глядя на толпу. Старик хлопнул в ладоши. Из толпы выступил юноша лет восемнадцати в одной лишь набедренной белой повязке и встал перед стариком, сложив руки на груди, склонив голову. Старик перекрестил его. Медленно юноша пошел вокруг кучи змей, спутанно шевелящейся. Совершил один круг, начал другой, и в это время, отделясь от плясунов, рослый человек в маске койота направился к нему с ременной плетью в руке. Юноша продолжал идти, как бы не замечая человека-койота. Тот поднял плеть; долгий миг ожидания, резкое движение, свист плети, хлесткий удар по телу. Юноша дернулся весь; но он не издал ни звука, он продолжал идти тем же неторопливым, мерным шагом. Койот хлестнул опять, опять; каждый удар толпа встречала коротким общим вздохом и глухим стоном. Юноша продолжал идти. Два, три, четыре раза обошел он круг. Кровь струилась по телу. Пятый, шестой раз обошел. Линайна вдруг закрыла лицо руками, зарыдала.

— Пусть прекратят, пусть прекратят, — взмолилась она.

Но плеть хлестала неумолимо. Седьмой круг сделал юноша. И тут пошатнулся — и, по-прежнему без звука, рухнул плашмя, лицом вниз. Наклонясь над ним, старик коснулся его спины длинным белым пером, высоко поднял это перо, обагренное, — показал людям — и трижды тряхнул им над змеями. Несколько капель упало с пера, и внезапно барабаны ожили, рассыпались тревожной дробью; раздался гулкий клич. Плясуны кинулись, похватали змей и пустились бегом. За ними побежала вся толпа — мужчины, женщины, дети. Через минуту площадь была уже пуста, только юноша недвижно лежал там, где лег. Три старухи вышли из ближнего дома, подняли его с трудом и внесли туда. Над площадью остались нести караул двое — орел и распятый; затем и они, точно насмотревшись вдоволь, неспешно канули в люки, в подземное обиталище.

Линайна по-прежнему плакала.

— Невыносимо, — всхлипывала она, и Бернард был бессилен ее утешить. — Невыносимо! Эта кровь! — Она передернулась. — О, где моя сома!

За спиной у них, в комнате, раздались шаги.

Линайна не пошевелилась, сидела, спрятав лицо в ладони, погрузясь в свое страдание. Бернард оглянулся.

На террасу вышел молодой человек в одежде индейца; но косы его были цвета соломы, глаза голубые, и бронзово-загорелая кожа была кожей белого.

— День добрый и привет вам, — сказал незнакомец на правильном, но необычном английском языке. — Вы — цивилизованные? Вы — оттуда, из Заградного мира?

— А вы-то сами?.. — изумленно начал Бернард.

Молодой человек вздохнул, покачал головой.

— Пред вами несчастливец. — И, указав на кровь в центре площади, произнес голосом, вздрагивающим от волнения. — Видите вон то проклятое пятно?

— Лучше полграмма, чем ругань и драма, — машинально откликнулась Линайна, не открывая лица.

— Там бы по праву следовало быть мне, — продолжал незнакомец. — Они не захотели, чтобы жертвой был я. А я бы десять кругов сделал, двенадцать, пятнадцать. Палохтива сделал только семь. Я дал бы им вдвое больше крови. Просторы обагрил бы морей. — Он распахнул руки в широком жесте, тоскливо уронил их опять. — Но не позволяют мне. Нелюбим я за белокожесть. От века нелюбим. Всегда. — На глазах у него выступили слезы; он отвернулся, стыдясь этих слез.

От удивления Линайна даже горевать перестала. Отняв ладони от лица, она взглянула на незнакомца.

— То есть вы хотели, чтобы плетью били вас?

Молодой человек кивнул не оборачиваясь.

– Да. Для блага пуэбло – чтоб дожди шли и тучнела кукуруза. И в угоду Пуконгу и Христу. И чтобы показать, что могу выносить боль не крикнув. Да. – Голос его зазвенел, он гордо расправил плечи, гордо, непокорно вздернул голову, повернулся. – Показать, что я мужчи... – У него перехватило дух, он так и застыл, не закрыв рта. Впервые в жизни увидел он девушку с лицом не бурым, а светлым, с золотисто-каштановой завивкой – и глядит она с дружелюбным интересом (вещь небывалая!). Линайна улыбнулась ему; такой привлекательный мальчик, подумала она, и тело по-настоящему красиво. Темный румянец залил щеки молодого человека; он опустил глаза, поднял опять, увидел все ту же улыбку и до того уже смутился, что даже отвернулся, сделал вид, будто пристально разглядывает что-то на той стороне площади.

Выручил его Бернард – своими расспросами. Кто он? Каким образом? Когда? Откуда? Не отрывая взгляда от Бернарда (ибо так тянуло молодого человека к улыбке Линайны, что он просто не смел повернуть туда голову), он стал объяснять. Он с Линдой – Линда его мать (Линайна поежилась) – они здесь чужаки. Линда прилетела из Того мира давно, еще до его рождения, вместе с отцом его. (Бернард навострил уши.) Пошла гулять одна в горах, что к северу отсюда, и сорвалась, упала и поранила голову. («Продолжайте, продолжайте», – возбужденно сказал Бернард.) Мальпаисские охотники наткнулись на нее и принесли в пуэбло. А отца его Линда больше так и не увидела. Звали отца Томасик. (Так, так, имя Директора – Томас.) Он, должно быть, улетел к себе обратно в Заградный мир, а ее бросил – черствый, жестокий сердцем человек.

– В Мальпаисе я и родился, – закончил он. – В Мальпаисе. – И грустно покачал головой.

Хибара за пустырем на окраине пуэбло. Какое убожество, грязь!

Пыльный пустырь завален мусором. У входа в хибару два оголодалых пса роются мордами в мерзких отбросах. А внутри – затхлый, гудящий мухами сумрак.

– Линда! – позвал молодой человек.

– Иду, – отозвался из другой комнатки довольно сиплый женский голос.

Пауза ожидания. В мисках на полу – недоеденные остатки.

Дверь отворилась. Через порог шагнула белесоватая толстуха-индианка и остановилась, пораженно выпучив глаза, раскрыв рот. Линайна с отвращением заметила, что двух передних зубов во рту нет. А те, что есть, жуткого цвета... Брр! Она гаже того старика. Жирная такая. И все эти морщины, складки дряблого лица. Обвисшие щеки в лиловых пятнах прыщей. Красные жилки на носу, на белках глаз. И эта шея, эти подбородки; и одеяло накинуто на голову – рваное, грязное. А под коричневой рубахой-балахоном эти бурдюки грудей, это выпирающее брюхо, эти бедра. О, куда хуже старика, куда гаже! И вдруг существо это разразилось потоком слов, бросилось к ней с распахнутыми объятиями и – Господи Форде, как противно, вот-вот стошнит – прижало к брюху, к грудям и стало целовать. Господи! Слюнявыми губами, и от тела запах скотский, – видимо, не принимает ванны никогда, – и разит изо рта ядовитой этой мерзостью, которую подливают в бутыли дельтам и эпсилонам (а Бернарду не влили, неправда), буквально разит алкоголем. Линайна поскорей высвободилась из объятий.

На нее глядело искаженное, плачущее лицо.

– Ох, милая, милая вы моя, – причитало, хлюпая, существо. – Если б вы знали, как я рада! Столько лет не видеть цивилизованного лица. Цивилизованной одежды. Я уж думала, так и не суждено мне увидать опять настоящий ацетатный шелк. – Она стала щупать рукав блузки. Ногти ее были черны от грязи. – А эти дивные вискозно-плюсовые шорты! Представьте, милая, я еще храню, прячу в сундуке свою одежду, ту, в которой прилетела. Я покажу вам потом. Но конечно, ацетат стал весь как решето. А такой прелестный у меня белый патронташ наплечный – хотя, должна признаться, ваш сафьяновый зеленый еще даже прелестнее. Ах, подвел меня мой патронташ! – Слезы опять потекли по щекам. – Джон вам, верно, рассказал уже. Что мне пришлось пережить – и без единого грамма сомы. Разве что Попе принесет мескаля выпить. Попе ходил ко мне раньше. Но выпьешь, а после так плохо себя чувствуешь от мескаля, и от пейотля тоже; и притом назавтра протрезвишься – и еще ужаснее, еще стыднее делается. Ах, мне так стыдно было. Подумать только – я, бета, и ребенка родила; поставьте себя на мое место. (Линайна поежилась.) Но, клянусь, я тут не виновата; я до сих пор не знаю, как это стряслось; ведь я же все мальтузианские приемы выполняла – знаете, по счету: раз, два, три, четыре – всегда, клянусь вам, и все же забеременела; а конечно, абортариев здесь нет и в помине. Кстати, абортарий наш и теперь в Челси? (Линайна кивнула.) И, как раньше, освещен весь прожекторами по вторникам и пятницам? (Линайна снова кивнула.) Эта дивная из розового стекла башня! – Бедная Линда, закрыв глаза, экстатически закинув голову, воскресила в памяти светлое видение абортария. – А вечерняя река! – прошептала она. Крупные слезы медленно выкатились из-под ее век. – Летишь, бывало, вечером обратно в город из Сток-Поджеса. И ждет тебя горячая ванна, вибровакуумный массаж... Но что уж об этом. – Она тяжко вздохнула, покачав головой, открыла глаза, сопнула носом раз-другой, высморкалась в пальцы и вытерла их о подол рубахи. – О, простите меня, – воскликнула она, заметив невольную гримасу отвращения на лице Линайны. – Как я могла так!.. Простите. Но что делать, если нет носовых платков? Я помню, как переживала раньше из-за всей этой нечистоты, сплошной нестерильности. Меня с гор принесли сюда с разбитой головой. Вы не можете себе представить, что они прикладывали к моей ране. Грязь, буквальнейшую грязь. Учу их: «Без стерилизации нет цивилизации». Говорю им: «Смой стрептококков и спирохет. Да здравствуют ванна и туалет», – как маленьким детям. А они, конечно, не понимают. Откуда им понять? И в конце концов я, видимо, привыкла. Да и как можно держать себя и вещи в чистоте, если нет крана с горячей водой? А поглядите на одежду здешнюю. Эта мерзкая шерсть – это вам не ацетат. Ей износу нет. А и порвется, так чини ее изволь. Но я ведь бета; я в Зале оплодотворения работала; меня не учили заплаты ставить. Я другим занималась. Притом чинить ведь вообще у нас не принято. Начинает рваться – выбрось и новое купи. «Прорехи зашивать – беднеть и горевать». Верно же? Чинить старье – антиобщественно. А тут все наоборот. Живешь как среди ненормальных. Все у них по-безумному. – Она оглянулась, увидела, что Бернард с Джоном вышли и прохаживаются по пустырю; но понизила тем не менее голос, пододвинулась близко, так что ядовито-алкогольное ее дыхание шевельнуло прядку у Линайны на щеке, и та сжалась вся. – Послушайте, к примеру, – зашептала Линда сипло, – как они тут взаимопользуются. Ведь каждый принадлежит всем остальным – ведь по-цивилизованному так? Ведь так же? – напирала она, дергая Линайну за рукав. Линайна кивнула, полуотвернувшись, делая украдкой вдох, набирая воздуху почище. – А здесь, – продолжала Линда, – каждый должен принадлежать только одному, и никому больше. Если же ты взаимопользуешься по-цивилизованному, то считаешься порочной и антиобщественной. Тебя ненавидят, презирают. Один раз явились сюда женщины со скандалом – почему, мол, их мужчины ко мне ходят? А почему б им не ходить? И как накинутся женщины на меня скопом... Нет, невыносимо и вспоминать. – Линда, содрогнувшись, закрыла лицо руками. – Здешние женщины ужасно злобные. Безумные, безумные и жестокие. И понятия, конечно, не имеют о мальтузианских приемах, о бутылях, о раскупорке. И потому рожают беспрерывно – как собаки. Прямо омерзительно. И подумать, что я... О Господи, Господи Форде. Но все же Джон был мне большим утешением. Не знаю, как бы я тут без него. Хотя он и переживал страшно всякий раз, как придет мужчина... Даже когда совсем еще был малышом. Однажды (он тогда уже подрос) чуть было не убил бедного Попе – или Вайхусиву? – за то лишь, что они ко мне ходили. Сколько ему ни втолковывала, что у цивилизованных людей иначе и нельзя, но так и не втолковала. Безумие, видимо, заразительно. Джон, во всяком случае, заразился от индейцев. Он водится с ними. Несмотря на то что они всегда относились к нему по-свински, не позволяли быть наравне с остальными мальчиками. Но это в некотором смысле к лучшему, потому что облегчало мне задачу – позволяло хоть слегка формировать его. Но вы себе вообразить не можете, как это трудно. Ведь столького сама не знаешь; от меня и не требовалось знать. Допустим, спрашивает ребенок, как устроен вертоплан или кем создан мир, – ну что будешь ему отвечать, если ты бета и работала в Зале оплодотворения? Ну что ему ответишь?

Глава восьмая

Джон с Бернардом прохаживались взад-вперёд на пустыре, среди пыли и мусора. (В отбросах рылись теперь уже четыре собаки.)

— Так трудно мне представить, постигнуть, — говорил Бернард. — Мы словно с разных планет, из разных столетий. Мать, и грязь вся эта, и боги, и старость, и болезни... — Он покачал головой. — Почти непостижимо. Немыслимо понять, если вы не поможете, не объясните.

— Что объясню?

— Вот это. — Он указал на пуэбло. — И это. — Кивнул на хибару. — Всё. Всю вашу жизнь.

— Но что ж тут объяснять?

— Всё с самого начала. С первых ваших воспоминаний.

— С первых моих... — Джон нахмурился. Долго молчал, припоминая.

Жара. Наелись лепёшек, сладкой кукурузы.

— Иди сюда, малыш, приляг, — сказала Линда. Он лёг возле, на большой постели.

— Спой, — попросил, и Линда запела. Спела «Да здравствуют ванна и туалет» и «Баю-баю, тили-тили, скоро детке из бутыли». Голос её удалялся, слабел...

Он вздрогнул и проснулся от громкого шума. У постели стоит человек — большущий, страшный. Говорит что-то Линде, а Линда смеётся. Закрылась одеялом до подбородка, а тот стягивает. У страшилы волосы заплетены, как два чёрных каната, и на ручище серебряный браслет с голубыми камешками. Браслет красивый; Джону страшно; он жмётся лицом к материну боку. Линда обнимает его рукой, и страх слабеет. Другими, здешними словами, которые не так понятны, Линда говорит:

— Нет, не при Джоне.

Человек смотрит на него, опять на Линду, тихо говорит несколько слов.

— Нет, — говорит Линда. Но тот наклоняется к нему, лицо громадно, грозно; чёрные канаты кос легли на одеяло. — Нет, — говорит опять Линда и сильней прижимает Джона к себе. — Нет, нет.

Но страшила берёт его за плечо, больно берёт. Он вскрикивает. И другая ручища берёт, подымает. Линда не выпускает, говорит:

— Нет, нет.

Тот говорит что-то коротко, сердито и вот уже отнял Джона.

— Линда, Линда. — Джон бьёт ногами, вырывается; но тот несёт его за дверь, сажает на пол там среди комнаты и уходит к Линде, закрыв за собой дверь. Он встаёт, он бежит к двери. Поднявшись на цыпочки, дотягивается до деревянной щеколды. Двигает её, толкает дверь; но дверь не поддаётся.

— Линда, — кричит он. Не отвечает Линда.

Вспоминается обширная комната, сумрачная; в ней стоят деревянные рамы с навязанными нитями, и у рам много женщин — одеяла ткут, сказала Линда. Она велела ему сидеть в углу с другими детьми, а сама пошла помогать женщинам. Он играет с мальчиками, долго. Вдруг у рам заговорили очень громко, и женщины отталкивают Линду прочь, а она плачет, идёт к дверям. Он побежал за ней. Спрашивает, почему на неё рассердились.

— Я сломала там что-то, — говорит Линда. И сама рассердилась. — Откуда мне уметь их дрянные одеяла ткать, — говорит. — Дикари противные.

— А что такое дикари? — спрашивает он.

Дома у дверей ждёт Попе и входит вместе с ними. Он принёс большой сосуд из тыквы, полный воды не воды — вонючая такая и во рту печёт, так что закашляешься. Линда выпила, и

Попе выпил, и Линда смеяться стала и громко говорить; а потом с Попе ушла в другую комнату. Когда Попе отправился домой, он вошел туда. Линда лежала в постели, спала так крепко, что не добудиться было. Попе часто приходил. Ту воду в тыкве он называл «мескаль», а Линда говорила, что можно бы называть «сома», если бы от нее не болела голова. Он терпеть не мог Попе. Он всех их не терпел – мужчин, ходивших к Линде. Как-то, наигравшись с детьми, – было, помнится, холодно, на горах лежал снег, – он днем пришел домой и услыхал сердитые голоса в другой комнате. Женские голоса, а слов не понял; но понял, что это злая ругань. Потом вдруг – грох! – опрокинули что-то; завозились, еще что-то шумно упало, и точно мула ударили хлыстом, но только звук мягче, мясистей; и крик Линды: «Не бейте, не бейте!» Он кинулся туда. Там три женщины в темных одеялах. А Линда – на постели. Одна держит ее за руки. Другая легла поперек, на ноги ей, чтоб не брыкалась. Третья бьет ее плетью. Раз ударила, второй, третий; и при каждом ударе Линда кричит. Он, плача, стал просить бьющую, дергать за кромку одеяла:

– Не надо, не надо.

Свободной рукой женщина отодвинула его. Плеть снова хлестнула, опять закричала Линда. Он схватил огромную коричневую руку женщины обеими своими и укусил что было силы. Та охнула, вырвала руку, толкнула его так, что он упал. И ударила трижды плетью. Ожгло огнем – больней всего на свете. Снова свистнула, упала плеть. Но закричала на этот раз Линда.

– Но за что они тебя, Линда? – спросил он вечером.

Красные следы от плети на спине еще болели, жгли, и он плакал. Но еще и потому плакал, что люди такие злые и несправедливые, а он малыш и драться с ними слаб. Плакала и Линда. Она хоть и взрослая, но от троих отбиться разве может? И разве это честно – на одну втроем?

– За что они тебя, Линда?

– Не знаю. Не понимаю. – Трудно было разобрать ее слова – она лежала на животе, лицом в подушку. – Мужчины, видите ли, принадлежат им, – говорила Линда, точно не к нему обращаясь вовсе, а к кому-то внутри себя. Говорила долго, непонятно; а кончила тем, что заплакала громче прежнего.

– О, не плачь, Линда, не плачь.

Он прижался к ней. Обнял рукой за шею.

– Ай, – визгнула Линда, – не тронь. Больно же! Ай! – И как пихнет его от себя. Он стукнулся головой о стену. – Ты, идиотик! – крикнула Линда и вдруг принялась его бить. Шлеп! Шлеп!..

– Линда! Не бей, мама!

– Я тебе не мама. Не хочу быть твоей матерью.

– Но, Линд... – Она шлепнула его по щеке.

– В дикарку превратилась, – кричала она. – Рожать начала, как животные... Если б не ты, я бы к инспектору пошла, вырвалась отсюда. Но с ребенком как же можно. Я бы не вынесла позора.

Она опять замахнулась, и он заслонился рукой.

– О, не бей, Линда, не надо.

– Дикаренок! – Она отдернула его руку от лица.

– Не надо. – Он закрыл глаза, ожидая удара.

Но удара не было. Помедлив, он открыл глаза и увидел, что она смотрит на него. Улыбнулся ей робко. Она вдруг обняла его и стала целовать.

Случалось, Линда по нескольку дней не вставала с постели. Лежала и грустила. Или пила мескаль, смеялась, смеялась, потом засыпала. Иногда болела. Часто забывала умыть его, и нечего было поесть, кроме черствых лепешек. И помнит он, как Линда в первый раз нашла этих сереньких тлей у него в голове, как она заахала, запричитала.

Сладчайшею отрадой было слушать, как она рассказывает о Том, о Заоградном мире.

– И там правда можно летать когда захочешь?

– Когда захочешь.

И рассказывала ему про дивную музыку, льющуюся из ящика, про прелестные разные игры, про вкусные блюда, напитки, про свет – надавишь в стене штучку, и он вспыхивает, – и про живые картины, которые не только видишь, но и слышишь, обоняешь, осязаешь пальцами, и про ящик, создающий дивные запахи, и про голубые, зеленые, розовые, серебристые дома, высокие, как горы, – и каждый счастлив там, и никто никогда не грустит и не злится, и каждый принадлежит всем остальным, и экран включишь – станет видно и слышно, что происходит на другом конце мира. И младенцы все в прелестных, чистеньких бутылях – все такое чистое, ни вони и ни грязи, – и никогда никто не одинок, а все вместе живут и радостные все, счастливые, как на летних плясках в Мальпаисе здесь, но гораздо счастливее, и счастье там всегда, всегда... Он слушал и заслушивался.

Порой, когда он и другие дети садились, устав от игры, кто-нибудь из стариков племени заводил на здешнем языке рассказ о великом Претворителе Мира, о долгой битве между Правой Рукой и Левой Рукой, между Хлябью и Твердью; о том, как Авонавилона задумался в ночи, и сгустились его мысли во Мглу Возрастания, а из той туманной мглы сотворил он весь мир; о Матери-Земле и Отце-Небе; об Агаюте и Марсайлеме – близнецах Войны и Удачи; об Иисусе и Пуконге; о Марии и об Этсанатлеи – женщине, вечно омоложающей себя; о Лагунском Черном Камне, о великом Орле и Богоматери Акомской. Диковинные сказы, звучавшие еще чудесней оттого, что сказывали их здешними словами, не полностью понятными. Лежа в постели, он рисовал в воображении Небо и Лондон, Богоматерь Акомскую и длинные ряды младенцев в чистеньких бутылях и как Христос возносится и Линда взлетает; воображал Всемирного начальника инкубаториев и великого Авонавилону.

Много ходило к Линде мужчин. Мальчишки стали уже тыкать на него пальцами. На своем, на здешнем языке они называли Линду скверной, ругали ее непонятно, однако он знал, что слова это гнусные. Однажды запели о ней песню, и опять, и опять – не уймутся никак. Он стал кидать в них камни. А они – в него; острым камнем рассекли ему щеку. Кровь текла долго; он весь вымазался.

Линда научила его читать. Углем она рисовала на стене картинки – сидящего зверька, младенца в бутыли; а под ними писала: КОТ НЕ СПИТ. МНЕ ТУТ РАЙ. Он усваивал легко и быстро. Когда вы учился читать все, что она писала на стене, Линда открыла свой деревянный сундук и достала из-под тех красных куцых штанов, которых никогда не надевала, тоненькую книжицу. Он ее и раньше не раз видел. «Будешь читать, когда подрастешь», – говорила Линда. Ну вот и подрос, подумал он гордо.

– Вряд ли эта книга тебя очень увлечет, – сказала Линда. – Но других у меня нет. – Она вздохнула. – Видел бы ты, какие прелестные читальные машины у нас в Лондоне!

Он принялся читать. «Химическая и бактериологическая обработка зародыша. Практическое руководство для бета-лаборантов Эмбрионария». Четверть часа ушло на одоление слов этого заглавия. Он швырнул книжку на пол.

– Дрянь ты, а не книга! – сказал он и заплакал.

По-прежнему мальчишки распевали свою гнусную дразнилку о Линде. Смеялись и над тем, какой он оборванный. Линда не умела чинить рваное. В Заоградном мире, говорила она ему, если что порвется, сразу же выбрасывают и надевают новое. «Оборвыш, оборвыш!» – дразнили мальчишки. «Зато я читать умею, – утешал он себя, – а они нет. Не знают даже, что значит читать». Утешаясь этим, было легче делать вид, что не слышишь насмешек. Он снова попросил у Линды ту книжку.

Чем злее дразнились мальчишки, тем усерднее читал он книгу. Скоро уже он разбирал в ней все слова. Даже самые длинные. Но что они обозначают? Он спрашивал у Линды; но даже когда она и в состоянии была ответить, то ясности особой не вносила. Обычно же ответить не могла.

– Что такое химикаты? – спрашивал он.

– А это соли магния, или спирт, которым глушат рост и отупляют дельт и эпсилонов, или углекислый кальций для укрепления костей и тому подобные вещества.

– А как делают химикаты, Линда? Где их добывают?

– Не знаю я. Они во флаконах. Когда флакон кончается, то спускают новый из Химикатохранилища. Там их и делают, наверно. Или же с фабрики получают. Не знаю. Я химией не занималась. Я работала всегда с зародышами.

И так вечно, что ни спроси. Никогда Линда не знает. Старики племени отвечают куда определеннее.

«Семена людей и всех созданий, семя солнца, и земли, и неба – все семена сгустил Авонавилона из Мглы Возрастания. Есть у мира четыре утробы; в нижнюю и поместил он семена. И постепенно взрастали они...»

Придя как-то домой (Джон прикинул позже, что было это на тринадцатом году его жизни), он увидел, что в комнате на полу лежит незнакомая книга. Толстая и очень старая на вид. Переплет обгрызли мыши; листы некоторые измяты, вылезают. Он поднял книгу, взглянул на заглавный лист: «Сочинения Уильяма Шекспира в одном томе».

Линда лежала в постели, потягивая из чашки мерзкий свой вонючий мескаль.

– Ее Попе принес, – сказала Линда сиплым, грубым, чужим голосом. – Валялась в Антилопьей киве, в одном из сундуков. Сотни лет уже провалялась, говорят. И не врут, наверно, потому что полистала я, а там полно вздора. Нецивилизованность жуткая. Но тебе пригодится – для тренировки в чтении. – Она допила, опустила чашку на пол, повернулась на бок, икнула раза два и заснула.

Он раскрыл книгу наугад.

> ...Похоти рабой
> Жить, прея в сальной духоте постели,
> Елозя и любясь в свиной грязи...

Необычайные эти слова раздались, раскатились громово в мозгу, как барабаны летних плясок – но барабаны говорящие; как хор мужчин, поющих Песнь зерна – красиво, красиво до слез; как волшба старого Митсимы над молитвенными перьями и резными палочками, костяными и каменными фигурками – кьятла тсилу силокве силокве силокве. Кьяи силу силу, тситль, – но сильнее, чем волшба Митсимы, потому что эти слова больше значат и обращены к нему, говорят ему чудесно и наполовину лишь понятно – грозная, прекрасная новая волшба, говорящая о Линде; о Линде, что храпит в постели, и пустая чашка рядом на полу; о Линде и Попе, о них обоих.

Все горячей ненавидел он Попе. Да, можно улыбаться, улыбаться – и быть мерзавцем. Безжалостным, коварным, похотливым. Слова он понимал не до конца. Но их волшба была могуча, они звучали в памяти, и было так, словно теперь только начал он по-настоящему ненавидеть Попе – потому что не мог раньше облечь свою ненависть в слова. А теперь есть у него слова – волшебные, поющие, гремящие, как барабаны. Слова эти и странный, странный сказ, из которого слова взяты (темен ему этот сказ, но чудесен, все равно чудесен), – они обосновали ненависть, сделали ее острей, живей; самого даже Попе сделали живей.

Однажды, наигравшись, он пришел домой – дверь спальной комнатки растворена, и он увидел их, спящих вдвоем в постели, – белую Линду и рядом Попе, почти черного; Линда лежит у Попе на руке, другая темная рука на груди у нее, и одна из длинных кос индейца упала ей на горло, точно черная змея хочет задушить. На полу возле постели – тыква, принесенная Попе, и чашка. Линда храпит.

Сердце в нем замерло, исчезло, и осталась пустота. Пустота, озноб, мутит слегка, и голова кружится. Он прислонился к стене. Безжалостный, коварный, похотливый... Волшбой, поющим хором, барабанами гремят слова. Озноб ушел, ему стало вдруг жарко, щеки загорелись. Комната поплыла перед ним, темнея. Он скрежетнул зубами. «Я убью его, убью, убью». И загремело в мозгу:

> Когда он в лежку пьян, когда им ярость
> Владеет или кровосмесный пыл...

Волшба – на его стороне, волшба все проясняет и дает приказ. Он шагнул обратно, за порог. «Когда он в лежку пьян...» У очага на полу – мясной нож. Поднял его и на цыпочках – опять в дверь спальной комнаты. «Когда он в лежку пьян, в лежку пьян...» Бегом к постели, ткнул ножом – ага, кровь! – снова ткнул (Попе взметнулся тяжко, просыпаясь), хотел в третий раз ударить, но почувствовал, что руку его схватили, сжали и – ох! – выворачивают. Он пойман, двинуться не может, черные медвежьи глазки Попе глядят в упор, вплотную. Он не выдержал их взгляда, опустил глаза. На левом плече у Попе – две ножевые ранки.

– Ах, кровь течет! – вскрикнула Линда. – Кровь течет! (Вида крови она не выносит.)

Попе поднял свободную руку – чтобы ударить, конечно. Джон весь напрягся в ожидании удара. Но рука взяла его за подбородок, повернула лицом к себе, и опять пришлось смотреть глаза в глаза. Долго, нескончаемо долго. И вдруг, как ни пересиливал себя, он заплакал. Попе рассмеялся.

– Ступай, – сказал он по-индейски. – Ступай, отважный Агаюта.

Он выбежал в другую комнату, пряча постыдные слезы.

– Тебе пятнадцать лет, – сказал старый Митсима индейскими словами. – Теперь можно учить тебя гончарству.

Они намесили глины, присев у реки.

– С того начинаем, – сказал Митсима, взявши в ладони ком влажной глины, – что делаем подобие луны. – Старик сплюснул ком в круглую луну; загнул края, и луна превратилась в неглубокую чашку.

Медленно и неумело повторил Джон точные, тонкие движения стариковских рук.

– Луна, чашка, а теперь змея. – Взяв другой ком глины, Митсима раскатал его в длинную колбаску, свел ее в кольцо и налепил на ободок чашки. – И еще змея. И еще. И еще. – Кольцо за кольцом наращивал Митсима бока сосуда: узкий внизу, сосуд выпукло расширялся, опять сужался к горлышку. Митсима мял, прихлопывал, оглаживал, ровнял; и вот наконец стоит перед ними мальпаисский сосуд для воды, но не черный, обычный, а кремово-белый и еще мягкий на ощупь. А рядом – его собственное изделие, кривобокая пародия на сосуд Митсимы. Сравнив их, Джон поневоле рассмеялся.

– Но следующий будет лучше, – сказал он, намешивая еще глины.

Лепить, придавать форму, ощущать, как растет умение и сноровка в пальцах, было необычайно приятно.

– А, бе, це, витамин Д, – напевал он, работая. – Жир в тресковой печени, а треска в воде.

Пел и Митсима – песню о том, как добывают медведя. Весь день они работали, и весь тот день переполняло Джона чувство глубокого счастья.

– А зимой, – сказал старый Митсима, – научу тебя делать охотничий лук.

Долго стоял он у дома; наконец обряд внутри кончился. Дверь распахнулась, стали выходить. Первым шел Котлу, вытянув правую руку и сжав ее в кулак, точно неся в ней драгоценный камень. За ним вышла Кьякиме, тоже вытянув сжатую руку. Они шли молча, и молча следовали за ними братья, сестры, родичи и толпа стариков.

Вышли из пуэбло, прошли месу. Встали над обрывом – лицом к утреннему солнцу. Котлу раскрыл ладонь. На ладони лежала горстка кукурузной муки; он дохнул на нее, прошептал несколько слов и бросил эту щепоть белой пыли навстречу встающему солнцу. То же сделала и Кьякиме. Выступил вперед отец ее и, держа над собой оперенную молитвенную палочку, произнес длинную молитву, затем бросил и палочку навстречу солнцу.

– Кончено, – возгласил старый Митсима. – Они вступили в брак.

– Одного я не понимаю, – сказала Линда, возвращаясь в пуэбло вместе с Джоном, – зачем столько шума и возни по пустякам. В цивилизованных краях, когда парень хочет девушку, он просто... Ну куда же ты, Джон?

Но Джон бежал не останавливаясь, не желая слушать, – прочь, прочь куда-нибудь, где нету никого.

Кончено. В ушах раздавался голос старого Митсимы. Кончено, кончено... Издали, молча, но страстно, отчаянно и безнадежно он любил Кьякиме. А теперь кончено. Ему было шестнадцать лет.

В полнолуние, в Антилопьей киве, тайны будут звучать, тайны будут вершиться и передаваться. Они сойдут в киву мальчиками, а подымутся оттуда мужчинами. Всем им было боязно – и в то же время нетерпение брало. И вот наступил этот день. Солнце село, показалась луна. Он шел вместе с остальными. У входа в киву стояли темной группой мужчины; уходила вниз лестница, в освещенную красную глубь. Идущие первыми стали уже спускаться. Внезапно один из мужчин шагнул вперед, взял его за руку и выдернул из рядов. Он вырвал руку, вернулся, пятясь, на свое место. Но мужчина ударил его, схватил за волосы.

– Не для тебя это, белобрысый!

– Не для сына блудливой сучки, – сказал другой. Подростки засмеялись.

– Уходи отсюда. – И видя, что он медлит, стоит неподалеку, опять крикнули мужчины: Уходи!

Один из них нагнулся, поднял камень, швырнул.

– Уходи отсюда, уходи!

Камни посыпались градом. Окровавленный, побежал он в темноту. А из красных недр кивы доносилось пение. Уже все подростки туда спустились. Он остался совсем один.

Совсем один, за чертой пуэбло, на голой скальной равнине месы. В лунном свете скала – точно кости, побелевшие от времени. Внизу, в долине, воют на луну койоты. Ушибы от камней болят, кровь еще течет; но не от боли он рыдает, а оттого, что одинок, что выгнан вон в этот безлюдный, кладбищенский мир камня и лунного света. Он опустился на краю обрыва, спиной к луне. Глянул вниз, в черную тень месы – в черную сень смерти. Один только шаг, один прыжок... Он повернул к свету правую руку. Из рассеченной кожи на запястье сочилась еще кровь. Каждые несколько секунд падала капля, темная, почти черная в мертвенном свете. Кап, кап, кап. Завтра и снова завтра, снова завтра...

Ему открылись Время, Смерть, Бог.

– Всегда, всегда один и одинок.

Эти слова Джона щемящим эхом отозвались в сердце Бернарда. Один и одинок...

– Я тоже одинок, – вырвалось у него. – Страшно одинок.

– Неужели? – удивился Джон. – Я думал, в Том мире… Линда же говорит, что там никто и никогда не одинок.

Бернард смущенно покраснел.

– Видите ли, – пробормотал он, глядя в сторону, – я, должно быть, не совсем такой, как большинство. Если раскупориваешься не таким…

– Да, в этом все дело, – кивнул Джон. – Если ты не такой, как другие, то обречен на одиночество. Относиться к тебе будут подло. Мне ведь нет ни к чему доступа. Когда мальчиков послали провести ночь на горах – ну, чтобы увидеть там во сне тайного твоего покровителя, твое священное животное, – то меня не пустили с ними; не хотят приобщать меня к тайнам. Но я сам все равно приобщился. Пять суток ничего не ел, а затем ночью один поднялся на те вон горы. – Он указал рукой.

Бернард улыбнулся снисходительно:

– И вам явилось что-нибудь во сне?

Джон кивнул.

– Но чтó явилось, открывать нельзя. – Он помолчал, потом продолжал негромко: – А однажды летом я сделал такое, чего никто до меня не делал: простоял под жарким солнцем, спиною к скале, раскинув руки, как Иисус на кресте…

– А с какой стати?

– Хотел испытать, каково быть распятым. Висеть на солнцепеке.

– Да зачем вам это?

– Зачем?.. – Джон помялся. – Я чувствовал, что должен. Раз Иисус вытерпел. И потом, я тогда худое сделал… И еще – тосковал я; вот еще почему.

– Странный способ лечить тоску, – заметил Бернард. Но, чуть подумав, решил, что все же в этом есть некоторый смысл. Чем глотать сому…

– Стоял, пока не потерял сознание, – сказал Джон. – Упал лицом в камни. Видите метину? – Он поднял со лба густые желто-русые пряди. На правом виске обнажился неровный бледный шрам.

Бернард глянул и, вздрогнув, быстренько отвел глаза. Воспитание, формирование сделали его не то чтобы жалостливым, но до крайности брезгливым. Малейший намек на болезнь или рану вызывал в нем не просто ужас, а отвращение и даже омерзение. Брр! Это как грязь, или уродство, или старость. Он поспешно сменил тему разговора.

– Вам не хотелось бы улететь с нами в Лондон? – спросил он, делая этим первый ход в хитрой военной игре, стратегию которой начал втихомолку разрабатывать, как только понял, кто является так называемым отцом этого молодого дикаря. – Вы бы не против?

Лицо Джона все озарилось.

– А вы правда возьмете с собой?

– Конечно, если, то есть, получу разрешение.

– И Линду возьмете?

– Гм… – Бернард заколебался. Взять это отвратительное существо? Нет, немыслимо. А впрочем, впрочем… Бернарда вдруг осенило, что именно ее отвратность может оказаться мощнейшим козырем в игре. – Но конечно же! – воскликнул он, чрезмерной и шумной сердечностью заглаживая свое колебание.

Джон глубоко и счастливо вздохнул.

– Подумать только – осуществляется то, о чем мечтал всю жизнь. Помните, что говорит Миранда?

– Кто?

Но молодой человек, видимо, не слышал переспроса.

– О чудо! – произнес он, сияя взглядом, разрумянившись. – Сколько вижу я красивых созданий! Как прекрасен род людской! – Румянец стал гуще: Джон вспомнил о Линайне – об ангеле, одетом в темно-зеленую вискозу, с лучезарно юной, гладкой кожей, напоенной питательными кремами, с дружелюбной улыбкой. Голос его дрогнул умиленно. – О дивный новый мир... – Но тут он вдруг осекся; кровь отхлынула от щек, он побледнел как смерть. – Она за вами замужем? – выговорил он.

– За мной – что?

– Замужем. Вступила с вами в брак. Это провозглашается индейскими словами и нерушимо вовек.

– Да нет, какой там брак! – Бернард невольно рассмеялся. Рассмеялся и Джон, но по другой причине – от буйной радости.

– О дивный новый мир, – повторил он. – О дивный новый мир, где обитают такие люди. Немедля же в дорогу!

– У вас крайне эксцентричный способ выражаться, – сказал Бернард, озадаченно взирая на молодого человека. – Да и не лучше ли подождать с восторгами, увидеть прежде этот дивный мир?

Глава девятая

Линайна чувствовала себя вправе – после дня, наполненного странным и ужасным, – предаться абсолютнейшему сомотдыху. Как только вернулись на туристский пункт, она приняла шесть полуграммовых таблеток сомы, легла в кровать и минут через десять плыла уже в лунную вечность. Очнуться, очутиться опять во времени ей предстояло лишь через восемнадцать часов, а то и позже.

А Бернард лежал, бессонно глядя в темноту и думая. Было уже за полночь, когда он уснул. Далеко за полночь; но бессонница дала плоды – он выработал план действий.

На следующее утро, точно в десять часов, мулат в зеленой форме вышел из приземлившегося вертоплана. Бернард ждал его среди агав.

— Мисс Краун отдыхает, — сказал Бернард. — Вернется из сомотдыха часам к пяти, не раньше. Так что у нас в распоряжении семь часов.

(«Слетаю в Санта-Фе, — решил Бернард, — сделаю там все нужное и вернусь, а она еще спать будет».)

— Безопасно ей будет здесь одной? – спросил он мулата.

— Как в кабине вертоплана, — заверил тот.

Сели в машину, взлетели. В десять тридцать четыре они приземлились на крыше сантафейского почтамта; в десять тридцать семь Бернарда соединили с Канцелярией Главноуправителя на Уайтхолле; в десять тридцать девять он уже излагал свое дело четвертому личному секретарю его фордейшества; в десять сорок четыре повторял то же самое первому секретарю, а в десять сорок семь с половиной в его ушах раздался звучный бас самого Мустафы Монда.

— Я взял на себя смелость предположить, — запинаясь, докладывал Бернард, — что вы, ваше фордейшество, сочтете случай этот представляющим достаточный научный интерес...

— Да, случай, я считаю, представляет достаточный научный интерес, — отозвался бас. — Возьмите с собой в Лондон обоих индивидуумов.

— Вашему фордейшеству известно, разумеется, что мне будет необходим специальный пропуск...

— Соответствующее распоряжение, — сказал Мустафа, — уже передается в данный момент Хранителю резервации. К нему и обратитесь безотлагательно. Всего наилучшего.

Трубка замолчала. Бернард положил ее и побежал на крышу.

— Летим к Хранителю, — сказал он мулату в зеленом.

В десять пятьдесят четыре Хранитель тряс руку Бернарду, здороваясь.

— Рад вас видеть, мистер Маркс, рад вас видеть, — гудел он почтительно. — Мы только что получили специальное распоряжение...

— Знаю, — не дал ему кончить Бернард. — Я разговаривал сейчас по телефону с его фордейшеством. — Небрежно-скучающий тон Бернарда давал понять, что разговоры с Главноуправителем – вещь для Бернарда самая привычная и будничная. Он опустился в кресло. — Будьте добры совершить поскорее все формальности. Поскорей, будьте добры, — повторил он с нажимом. Он упивался своей новой ролью. В три минуты двенадцатого все необходимые бумаги были уже у него в кармане.

— До свидания, — покровительственно кивнул он Хранителю, проводившему его до лифта. — До свидания.

В отеле, расположенном неподалеку, он освежил себя ванной, вибровакуумным массажем, выбрился электролизной бритвой, прослушал утренние известия, провел полчаса у телевизора, отобедал не торопясь, со вкусом и в половине третьего полетел с мулатом обратно в Мальпаис.

– Бернард, – позвал Джон, стоя у туристского пункта. – Бернард!

Ответа не было. Джон бесшумно взбежал на крыльцо в своих оленьих мокасинах и потянул дверную ручку. Дверь заперта.

Уехали! Улетели! Такой беды с ним еще не случалось. Сама приглашала прийти, а теперь нет их. Он сел на ступеньки крыльца и заплакал.

Полчаса прошло, прежде чем он догадался заглянуть в окно. И сразу увидел там небольшой зеленый чемодан с инициалами Л. К. на крышке. Радость вспыхнула в нем пламенем. Он схватил с земли голыш. Зазвенело, падая, разбитое стекло. Мгновение – и он уже в комнате. Раскрыл зеленый чемодан, и тут же в ноздри, в легкие хлынул запах Линайны, ее духи, ее эфирная сущность. Сердце забилось гулко; минуту он был близок к обмороку. Наклонясь к драгоценному вместилищу, он стал перебирать, вынимать, разглядывать. Застежки-молнии на вискозных шортах озадачили его сперва, а затем – когда решил загадку молний – восхитили. Дерг туда, дерг обратно, жжик-жжик, жжик-жжик; он был в восторге. Зеленые туфельки ее – ничего чудесней в жизни он не видел. Развернув комбилифчик с трусиками, он покраснел, поспешно положил на место; надушенный ацетатный носовой платок поцеловал, а шарфик повязал себе на шею. Раскрыл коробочку – и окутался облаком просыпавшейся ароматной пудры. Запорошил все пальцы себе. Он вытер их о грудь свою, о плечи, о загорелые предплечья. Как пахнет! Он закрыл глаза; он потерся щекой о запудренное плечо. Прикосновение гладкой кожи, аромат этой мускусной пыльцы – будто сама Линайна здесь.

– Линайна, – прошептал он. – Линайна!

Что-то ему послышалось, он вздрогнул, оглянулся виновато. Сунул вынутые воровским образом вещи обратно, придавил крышкой; опять прислушался и оглянулся. Ни звука, ни признака жизни. Однако ведь он явственно слышал – не то вздох, не то скрип половицы. Он подкрался на цыпочках к двери, осторожно отворил – за дверью оказалась широкая лестничная площадка. А за площадкой – еще дверь, приоткрытая. Он подошел, открыл пошире, заглянул.

Там, на низкой кровати, сбросив с себя простыню, в комбинированной розовой пижаме на молниях, лежала и спала крепким сном Линайна – и была так прелестна в ореоле кудрей, так была детски-трогательна со своим серьезным личиком и розовыми пальчиками ног, так беззащитно и доверчиво разбросала руки, что на глаза Джону навернулись слезы.

С бесконечными и совершенно ненужными предосторожностями – ибо досрочно вернуть Линайну из ее сомотдыха мог разве что гулкий пистолетный выстрел – он вошел, он опустился на колени у кровати. Глядел, сложив молитвенно руки, шевеля губами. «Ее глаза», – шептал он:

  Ее глаза, лицо, походка, голос;
  Упомянул ты руки – их касанье
  Нежней, чем юный лебединый пух,
  А перед царственной их белизною
  Любая белизна черней чернил...

Муха, жужжа, закружилась над ней; взмахом руки он отогнал муху. И вспомнил:

  Мухе – и той доступно сесть
  На мраморное чудо рук Джульетты,
  Мухе – и той дозволено похитить
  Бессмертное благословенье с губ,
  Что разалелись от стыда, считая
  Грехом невольный этот поцелуй;
  О чистая и девственная скромность!

Медленно-медленно, неуверенным движением человека, желающего погладить пугливую дикую птицу, которая и клюнуть может, он протянул руку. Дрожа, она остановилась в сантиметре от сонного локтя – почти касаясь. Посметь ли? Посметь ли осквернить прикосновением низменной руки... Нет, нельзя. Слишком опасна птица и опаслива. Он убрал руку. Как прекрасна Линайна! Как прекрасна!

Затем он вдруг поймал себя на мысли, что стоит лишь решительно и длинно потянуть вниз эту за стежку у нее на шее... Он закрыл глаза, он тряхнул головой, как встряхивается, выходя из воды, ушастый пес. Пакостная мысль! Стыд охватил его. «О чистая и девственная скромность!..»

В воздухе послышалось жужжание. Опять хочет муха похитить бессмертное благословение? Или оса? Он поднял глаза – не увидел ни осы, ни мухи. Жужжание делалось все громче, и стало ясно, что оно идет из-за ставней, снаружи. Вертоплан! В панике Джон вскочил на ноги, метнулся вон, выпрыгнул в разбитое окно и, пробежав по тропке между высокими агавами, поспел как раз к приземлению вертоплана.

Глава десятая

На всех четырех тысячах электрических часов, во всех четырех тысячах залов и комнат Центра стрелки показывали двадцать семь минут третьего. В «нашем трудовом улье», как любил выражаться Директор, стоял рабочий шум. Все и вся трудилось, упорядоченно двигалось. Под микроскопами, яростно двигая длинными хвостиками, сперматозоиды бодливо внедрялись в яйцеклетки; и оплодотворенные яйца разрастались, делились или же, пройдя бокановскизацию, почковались, давая целые популяции близнецов. С урчанием шли эскалаторы из Зала пред определения вниз, в Эмбрионарий, – и там, в вишневом сумраке, прея на подстилках из свиной брюшины, насыщаясь кровезаменителем и гормонами, росли зародыши – или, отравленные спиртом, прозябали, превращались в щуплых эпсилонов. С тихим рокотом ползли конвейерные ленты незаметно глазу – сквозь недели, месяцы и сквозь биологические эры, повторяемые эмбрионами в своем развитии, – в Зал раскупорки, где новораскупоренные младенцы издавали первый вопль изумления и ужаса.

Гудели в подвальном этаже электрогенераторы, мчались вверх и вниз грузоподъемнички. На всех одиннадцати этажах Младопитомника было время кормления. Восемнадцать сотен снабженных ярлыками младенцев дружно тянули из восемнадцати сотен бутылок свою порцию пастеризованного млечного продукта.

Над ними в спальных залах, на десяти последующих этажах, малыши и малышки, кому полагался по возрасту послеобеденный сон, и во сне этом трудились не менее других, хотя и бессознательно, – усваивали гипнопедические уроки гигиены и умения общаться, основы кастового самосознания и начала секса. А еще выше помещались игровые залы, где по случаю дождя девятьсот детишек постарше развлекались кубиками, лепкой, прятками и эротической игрой.

Жж-жж! – деловито, жизнерадостно жужжал улей. Весело напевали девушки над пробирками; насвистывая, занимались своим делом предназначатели; а какие славные остроты можно было слышать над пустыми бутылями в Зале раскупорки! Но у Директора, входящего с Генри Фостером в Зал оплодотворения, лицо выражало серьезность, деревянную суровость.

– В назидание всем, – говорил Директор. – И в этом зале, поскольку здесь наибольшее у нас число работников высших каст. Я велел ему явиться сюда в два тридцать.

– Работник он очень хороший, – лицемерно свеликодушничал Генри.

– Знаю. Но тем оправданнее будет суровость наказания. Повышенные умственные данные налагают и повышенную нравственную ответственность. Чем одаренней человек, тем способнее он разлагать окружающих. Лучше, чтобы пострадал один, но спасены были от порчи многие. Рассудите дело беспристрастно, мистер Фостер, и вы согласитесь, что нет преступления гнусней, чем нарушение общепринятых норм поведения. Убийство означает гибель особи – а, собственно, что для нас одна особь? – Взмахом руки Директор охватил ряды микроскопов, пробирки, инкубаторы. – Мы с величайшей легкостью можем сотворить сколько угодно новых. Нарушение же принятых норм ставит под угрозу нечто большее, чем жизнь какой-то особи, – наносит удар всему Обществу. Да, всему Обществу, – повторил он. – Но вот и сам преступник.

Бернард приближался уже к ним, шел между рядами оплодотворителей. Вид у него был бойкий, самоуверенный, но из-под этой маскировки проглядывала тревога.

– Добрый день, Директор, – произнес он до нелепости громко; заметив это сам, он тут же сбавил тон чуть не до шепота и пискнул: – Вы назначили мне встречу здесь.

– Да, – сказал Директор важно и зловеще. – Назначил встречу здесь. Вы вернулись, как я понимаю, из своего отпуска.

– Да, – сказал Бернард.

— Так-с-сс, — змеино протянул звук «с» Директор. И внезапно повысив голос: — Леди и джентльмены, — воззвал он трубно, — дамы и господа.

Вмиг прекратилось мурлыканье лаборанток над пробирками, сосредоточенное посвистывание микроскопистов. Наступило молчание, лица всех обратились к Директору.

— Дамы и господа, — повторил он еще раз. — Простите, что прерываю ваш труд. Меня к тому вынуждает тягостный долг. Под угрозу поставлены безопасность и стабильность Общества. Да, поставлены под угрозу, дамы и господа. Этот человек, — указал он обвиняюще на Бернарда, — человек, стоящий перед вами, этот альфа-плюсовик, которому так много было дано и от которого, следовательно, так много ожидалось, этот ваш коллега — но не лучше ли мне сразу же сказать, этот ваш бывший коллега — грубо обманул доверие Общества. Своими еретическими взглядами на спорт и сому, своими скандальными нарушениями норм половой жизни, своим отказом следовать учению Господа нашего Форда и внести себя во внеслужебные часы «как дитя в бутыли» (Директор осенил себя знаком Т) он разоблачил себя, дамы и господа, как враг Общества, как разрушитель Порядка и Стабильности, как злоумышленник против самой Цивилизации. Поэтому я намерен снять его, отстранить с позором от занимаемой должности; я намерен немедленно осуществить его перевод в третьестепенный филиал, причем как можно более удаленный от крупных населенных центров — так будет в интересах Общества. В Исландии ему представится мало возможностей сбивать людей с пути своим фордохульственным примером.

Директор сделал паузу, скрестив руки на груди, повернулся величаво к Бернарду.

— Можете ли вы привести убедительный довод, который помешал бы мне исполнить вынесенный вам приговор?

— Да, могу, — не сказал, а крикнул Бернард.

Несколько опешив, но все еще величественно:

— Так приведите этот довод, — промолвил Директор.

— Пожалуйста. Мой довод в коридоре. Сейчас приведу. — Бернард торопливо пошел к двери, распахнул ее. — Входите, — сказал он, и довод явился и предстал перед всеми.

Зал глухо ахнул, по нему прокатился ропот удивления и ужаса; взвизгнула юная лаборантка; кто-то вскочил на стул, чтобы лучше видеть, и при этом опрокинул две пробирки, полные сперматозоидов. Оплывшая, обрюзгшая — устрашающее воплощение безобразной немолодости среди этих молодых, крепкотелых, туголицых, — Линда вошла в зал, кокетливо улыбаясь своей щербатой, линялой улыбкой и роскошно, как ей казалось, колебля на ходу свои окорока. Бернард шел рядом с ней.

— Вот он, — указал Бернард на Директора.

— Будто я уж такая беспамятная, — даже обиделась Линда и, повернувшись к Директору, воскликнула: — Ну конечно, я узнала, Томасик, я бы тебя узнала среди тысячи мужчин. А неужели ты меня забыл? Не узнаешь? Не помнишь меня, Томасик? Твою Линдочку. — Она глядела на него, склонив голову набок, продолжая улыбаться, но на лице Директора застыло такое отвращение, что улыбка Линды делалась все неуверенней, растерянней и угасла наконец. — Не помнишь, Томасик? — повторила она дрожащим голосом. В глазах ее была тоска и боль. Дряблое, в пятнах лицо перекосилось горестной гримасой. — Томасик! — Она протянула к нему руки. Раздался чей-то смешок.

— Что означает, — начал Директор, — эта чудовищная...

— Томасик! — Она подбежала, волоча свою накидку-одеяло, бросилась Директору на шею, уткнулась лицом ему в грудь.

Зал взорвался безудержным смехом.

— ...эта чудовищная шутка? — возвысил голос Директор. Весь побагровев, он вырывался из объятий. Она льнула к нему цепко и отчаянно.

— Но я же Линда. Я же Линдочка.

Голос ее тонул в общем смехе.

– Я же родила от тебя, – прокричала она, покрывая шум. И внезапно, грозно воцарилась тишина; все смолкли, пряча глаза в замешательстве. Директор побледнел, перестал вырываться, так и замер, ухватясь за руки Линды, глядя на нее остолбенело.

– Да, родила – стала матерью.

Она бросила это, как вызов, в потрясенную тишину; затем, отстранясь от Директора, объятая стыдом, закрыла лицо, зарыдала.

– Я не виновата, Томасик. Я всегда же выполняла все приемы. Всегда-всегда… Я не знаю, как это… Если бы только знал, Томасик, как ужасно… Но все равно он был мне утешением. – И повернувшись к двери: – Джон! – позвала она. – Джон!

Джон тут же появился на пороге, остановился, осмотрелся, затем быстро, бесшумно в своих мокасинах пересек зал, опустился на колени перед Директором и звучно произнес:

– Отец мой!

Слово это (ибо ругательство «отец», менее прямо, чем «мать», связанное с мерзким и аморальным актом деторождения, звучит не столь похабно, сколь попросту навозно) – комически-грязное это словцо разрядило атмосферу напряжения, ставшего уже невыносимым. Грянул хохот-рев, оглушительный и нескончаемый. «Отец мой» – и кто же? Директор! Отец! О Господи Фо-хо-хо-хо!.. Да это ж фантастика! Все новые, новые приступы, взрывы – лица раскисли от хохота, слезы текут. Еще шесть пробирок спермы опрокинули. Отец мой!

Бледный, вне себя от унижения, Директор огляделся затравленно вокруг дикими глазами.

Отец мой! Хохот, начавший было утихать, раскатился опять, громче прежнего. Зажав руками уши, Директор кинулся вон из зала.

Глава одиннадцатая

После скандала в Зале оплодотворения все высшекастовое лондонское общество рвалось увидеть этого восхитительного дикаря, который упал на колени перед Директором Инкубатория (вернее сказать, перед бывшим Директором, ибо бедняга тотчас ушел в отставку и больше уж не появлялся в Центре), который бухнулся на колени и обозвал Директора отцом, — юмористика почти сказочная! Линда же, напротив, не интересовала никого. Назваться матерью — это уже не юмор, а похабщина. Притом она ведь не настоящая дикарка, а из бутыли вышла, сформирована как все и подлинной эксцентричностью понятий блеснуть не может. Наконец — и это наивесомейший резон, чтобы не знаться с Линдой — ее внешний вид. Жирная, утратившая свою молодость, со скверными зубами, с пятнистым лицом, с безобразной фигурой — при одном взгляде на нее буквально делается дурно. Так что лондонские сливки общества решительно не желали видеть Линду. Да и Линда, со своей стороны, нимало не желала их видеть. Для нее возврат в цивилизацию значил возвращение к соме — означал возможность лежать в постели и предаваться непрерывному сомотдыху без похмельной рвоты или головной боли, без того чувства, какое бывало всякий раз после пейотля, — будто совершила что-то жутко антиобщественное, навек опозорившее. Сома не играет с тобой таких шуток. Она — средство идеальное, а если, проснувшись наутро, испытываешь неприятное ощущение, то неприятное не само по себе, а лишь сравнительно с радостями забытья. И поправить положение можно — можно сделать забытье непрерывным. Линда жадно требовала все более крупных и частых доз сомы. Доктор Шоу вначале возражал, потом махнул рукой. Она глотала до двадцати граммов ежесуточно.

— И это ее прикончит в месяц-два, — доверительно сообщил доктор Бернарду. — В один прекрасный день ее дыхательный центр окажется парализован. Дыхание прекратится. Наступит конец. И тем лучше. Если бы мы умели возвращать молодость, тогда бы дело другое. Но мы не умеем.

Ко всеобщему удивлению (ну и пускай себе спит Линда и никому не мешает), Джон пытался возражать:

— Ведь, закармливая этими таблетками, вы укорачиваете ей жизнь.

— В некотором смысле укорачиваем, — соглашался доктор Шоу. — Но в другом — даже удлиняем. (Джон глядел на него непонимающе.) Пусть сома укорачивает временнóе протяжение вашей жизни на столько-то лет, — продолжал врач. — Зато какие безмерные вневременные протяжения она способна вам дарить. Каждый сомотдых — это фрагмент того, что наши предки называли вечностью.

— Вечность была у нас в глазах и на устах, — пробормотал Джон, начиная понимать.

— Как? — не расслышал доктор Шоу.

— Ничего. Так.

— Конечно, — продолжал доктор Шоу, — нельзя позволять людям то и дело отправляться в вечность, если они выполняют серьезную работу. Но поскольку у Линды такой работы нет…

— Все равно, — не успокаивался Джон, — по-моему, нехорошо это.

Врач пожал плечами:

— Что ж, если вы предпочитаете, чтоб она вопила и буянила, домогаясь сомы…

В конце концов Джону пришлось уступить. Линда добилась своего. И залегла окончательно в своей комнатке на тридцать восьмом этаже дома, в котором жил Бернард. Радио и телевизор включены круглые сутки, из краника чуть-чуть покапывают духи пачули, и тут же под рукой таблетки сомы — так лежала она у себя в постели и в то же время пребывала где-то далеко, бесконечно далеко, в непрерывном сомотдыхе, в ином каком-то мире, где радиомузыка претворялась в лабиринт звучных красок, в трепетно скользящий лабиринт, ведущий (о, какими прекрасно-неизбежными извивами!) к яркому средоточию полного, уверенного счастья; где танцующие телевизорные образы становились актерами в неописуемо дивном суперпоющем ощущальном фильме; где аромат каплющих духов разрастался в солнце, в миллион сексофонов, в Попе, обнимающем, любящем, – но неизмеримо сладостней, сильней и нескончаемо.

– Нет, возвращать молодость мы не умеем. Но я крайне рад этой возможности понаблюдать одряхление на человеке. Сердечное спасибо, что пригласили меня. – И доктор Шоу горячо пожал Бернарду руку.

Итак, видеть жаждали Джона. А поскольку до ступ к Джону был единственно через его официального опекуна и гида Бернарда, то к Бернарду впервые в жизни стали относиться по-человечески, даже более того – словно к очень важной особе. Теперь и речи не было про спирт, якобы подлитый в его кровезаменитель; не было насмешек над его наружностью. Генри Фостер весь излучал радушие; Бенито Гувер подарил шесть пачек секс-гормональной жевательной резинки; пришел помощник Предопределителя и чуть ли не подобострастно стал напрашиваться в гости – на какой-либо из званых вечеров, устраиваемых Бернардом. Что же до женщин, то Бернарду стоило лишь поманить их приглашением на такой вечер, и доступной делалась любая.

– Бернард пригласил меня на будущую среду – познакомит с Дикарем, – объявила торжествующе Фанни.

– Рада за тебя, – сказала Линайна. – А теперь признайся, что ты неверно судила о Бернарде. Ведь правда же, он мил?

Фанни кивнула.

– И не скрою, – сказала Фанни, – что я весьма приятно удивлена.

Начальник Укупорки, Главный предопределитель, трое заместителей помощника Главного оплодотворителя, профессор ощущального искусства из Института технологии чувств, Настоятель Вестминстерского храма песнословия, Главный бокановскизатор – бесконечен был перечень светил и знатных лиц, бывавших на приемах у Бернарда.

– А девушек я на прошлой неделе имел шесть штук, – похвалялся Бернард перед Гельмгольцем. – Одну в понедельник, двух во вторник, двух в пятницу и одну в субботу. И еще по крайней мере дюжина набивалась, да не было времени и желания…

Гельмгольц слушал молча, с таким мрачным неодобрением, что Бернард обиделся.

– Тебе завидно, – сказал Бернард.

– Нет, попросту грустновато, – ответил он. Бернард ушел рассерженный. Никогда больше, дал он себе зарок, никогда больше не заговорит он с Гельмгольцем.

Шли дни. Успех кружил Бернарду голову, как шипучий пьянящий напиток, и (подобно всякому хорошему опьяняющему средству) полностью примирил его с порядком вещей, прежде таким несправедливым. Теперь этот мир был хорош, поскольку признал Бернардову значимость. Но, умиротворенный, довольный своим успехом, Бернард, однако, не желал отречься от привилегии критиковать порядок вещей. Ибо критика усиливала в Бернарде чувство значимости, собственной весомости. К тому же критиковать есть что – в этом он убежден был искренне. (Столь же искренне ему хотелось и нравилось иметь успех, иметь девушек по желанию.) Перед теми, кто теперь любезничал с ним ради до ступа к Дикарю, Бернард щеголял язвительным инакомыслием. Его слушали учтиво. Но за спиной у него покачивали головами и пророчили: «Этот молодой человек плохо кончит». Пророчили тем увереннее, что сами намерены были в должное время позаботиться о плохом конце. «И не выйдет он вторично сухим из воды – не вечно ему козырять дикарями», – прибавляли они. Пока же этот козырь у Бернарда был, и с Бернардом держались любезно. И Бернард чувствовал себя монументальной личностью, колоссом – и в то же время ног под собой не чуял, был легче воздуха, парил в поднебесье.

– Он легче воздуха, – сказал Бернард, показывая вверх.

Высоко-высоко там висел привязной аэростат службы погоды и розово отсвечивал на солнце, как небесная жемчужина.

«...упомянутому Дикарю, – гласила инструкция, данная Бернарду, – надлежит наглядно показать цивилизованную жизнь во всех ее аспектах...»

Сейчас Дикарю показывали ее с высоты птичьего полета – со взлетно-посадочного диска Черинг-Тийской башни. Экскурсоводами служили начальник этого аэропорта и штатный метеоролог. Но говорил главным образом Бернард. Опьяненный своей ролью, он вел себя так, словно был по меньшей мере Главноуправителем. Он парил в поднебесье.

Оттуда, из этих небес, упала на диск «Бомбейская Зеленая Ракета». Пассажиры сошли. Из восьми иллюминаторов салона выглянули восемь одетых в хаки бортпроводников – восьмерка тождественных близнецов-дравидов.

– Тысяча двести пятьдесят километров в час, – внушительно сказал начальник аэропорта. – Скорость приличная, не правда ли, мистер Дикарь?

– Да, – сказал Дикарь. – Однако Ариэль способен был в сорок минут всю землю опоясать.

«Дикарь, – писал Бернард Мустафе Монду в своем отчете, – выказывает поразительно мало удивления или страха перед изобретениями цивилизации. Частично это объясняется, без сомнения, тем, что ему давно рассказывала о них Линда, его м...»

(Мустафа Монд нахмурился. «Неужели этот дурак думает, что шокирует меня, если напишет слово полностью?»)

«Частично же тем, что интерес его сосредоточен на фикции, которую он именует душой и упорно считает существующей реально и помимо вещественной среды; я же убеждаю его в том, что...»

Главноуправитель пропустил, не читая, Бернардовы рассуждения и хотел уже перевернуть страницу в поисках чего-либо конкретней, интересней, как вдруг наткнулся взглядом на весьма странные фразы. «...Хотя должен признаться, – прочел он, – что здесь я согласен с Дикарем и тоже нахожу нашу цивилизованную безмятежность чувств слишком легко нам достающейся, слишком, как выражается Дикарь, дешевой; и, пользуясь случаем, я хотел бы привлечь внимание Вашего фордейшества к...»

Мустафа не знал, гневаться ему или смеяться. Этот нуль суется читать лекции о жизнеустройстве ему, Мустафе Монду! Такое уж ни в какие ворота не лезет. Да он с ума сошел! «Человечку необходим урок», – решил Главноуправитель, но тут же густо рассмеялся, закинув голову. И мысль об уроке отодвинулась куда-то вдаль.

Посетили небольшой завод осветительных устройств для вертопланов, входящий в Корпорацию электрооборудования. Уже на крыше были встречены и главным технологом, и администратором по кадрам (ибо рекомендательное письмо-циркуляр Главноуправителя обладало силой магической). Спустились в производственные помещения.

– Каждый процесс, – объяснял администратор, – выполняется по возможности одной группой Бокановского.

И действительно, холодную штамповку выполняли восемьдесят три чернявых, круглоголовых и почти безносых дельтовика. Полсотни четырехшпиндельных токарно-револьверных автоматов обслуживались полусотней горбоносых рыжих гамм. Персонал литейной составляли сто семь сенегальцев-эпсилонов, с бутыли привычных к жаре. Резьбу нарезали тридцать три желто-русые, длинноголовые, узкобедрые дельтовички ростом все как одна – в метр шестьдесят девять сантиметров (с допуском плюс-минус 20 мм). В сборочном цехе два выводка гамма-плюсовиков карликового размера стояли на склоне генераторов. Ползла конвейерная лента с грузом частей; по обе стороны ее тянулись низенькие рабочие столы; и друг против друга стояли сорок семь темноволосых карликов и сорок семь светловолосых. Сорок семь носов крючком – и сорок семь курносых; сорок семь подбородков, выдающихся вперед, – и сорок семь срезанных. Проверку собранных генераторов производили восемнадцать схожих как две капли, курчавых шатенок в зеленой гамма-форме; упаковкой занимались тридцать четыре коротконогих левши из разряда дельта-минус, а погрузкой в ожидающие тут же грузовики и фургоны – шестьдесят три голубоглазых, льянокудрых и веснушчатых эпсилон-полукретина.

«О дивный новый мир...» Память злорадно подсказала Дикарю слова Миранды: «О дивный новый мир, где обитают такие люди».

– И могу вас заверить, – подытожил администратор на выходе из завода, – с нашими рабочими почти что никаких хлопот. У нас всегда...

Но Дикарь уже убежал от своих спутников за лавровые деревца, и там его вырвало так, будто не на твердой земле он находился, а в вертоплане, попавшем в болтанку.

«Дикарь, – докладывал письменно Бернард, – отказывается принимать сому, и, по-видимому, его очень удручает то, что Линда, его м..., пребывает в постоянном сомотдыхе. Стоит отметить, что, несмотря на одряхление и крайне отталкивающий вид его м..., Дикарь зачастую ее навещает и весьма привязан к ней – любопытный пример того, как ранняя обработка психики способна смягчить и даже подавить естественные побуждения (в данном случае – побуждение избежать контакта с неприятным объектом)».

В Итоне они приземлились на крыше Школы. Напротив, за прямоугольным двором, ярко белела на солнце пятидесятидвухэтажная Лаптонова Башня. Слева – Колледж, а справа – Итонский храм песнословия возносили свои веками освященные громады из железобетона и виталгласа. В центре прямоугольника, ограниченного этими четырьмя зданиями, стояло причудливо-старинное изваяние Господа нашего Форда из хромистой стали.

Вышедших из кабины Дикаря и Бернарда встретили доктор Гэфни, ректор и мисс Кийт, директриса.

– А близнецов у вас здесь много? – тревожно спросил Дикарь, когда приступили к обходу.

– О нет, – ответил ректор. – Итон предназначен исключительно для мальчиков и девочек из высших каст. Одна яйцеклетка – один взрослый организм. Это, разумеется, затрудняет обучение. Но поскольку нашим питомцам предстоит брать на плечи ответственность, принимать решения в непредвиденных и чрезвычайных обстоятельствах, бокановскизация для них не годится. – Ректор вздохнул.

Бернарду между тем весьма пришлась по вкусу мисс Кийт.

– Если вы свободны вечером в любой понедельник, среду или пятницу, милости прошу, – говорил он ей. – Субъект, знаете ли, занятный, – прибавил он, кивнув на Дикаря. – Оригинал.

Мисс Кийт улыбнулась (и Бернард счел улыбку очаровательной), промолвила: «Благодарю вас», сказала, что с удовольствием принимает приглашение. Ректор открыл дверь в аудиторию, где шли занятия с плюс-плюс-альфами.

Послушав минут пять, Джон озадаченно повернулся к Бернарду.

– А что это такое – элементарная теория относительности? – шепотом спросил он. Бернард начал было объяснять, затем предложил пойти лучше послушать, как обучают другим предметам.

В коридоре, ведущем в географический зал для минус-бет, они услышали за одной из дверей звонкое сопрано:

– Раз, два, три, четыре, – и тут же новую, устало-раздраженную команду: – Отставить.

– Мальтузианские приемы, – объяснила директриса. – Наши девочки, конечно, в большинстве своем неплоды. Как и я сама, – улыбнулась она Бернарду. – Но есть у нас учениц восемьсот нестерилизованных, и они нуждаются в постоянной тренировке.

В географическом зале Джон услышал, что «дикая резервация – это местность, где, вследствие неблагоприятных климатических или геологических условий, не окупились бы расходы на цивилизацию». Щелкнули ставни; свет в зале погас; и внезапно на экране, над головой у преподавателя, возникли penitentes[1], павшие ниц пред богоматерью Акомской (знакомое Джону зрелище); стеная, каялись они в грехах перед распятым Иисусом, перед Пуконгом в образе орла. А юные итонцы в зале надрывали животики от смеха. Penitentes поднялись, причитая, на ноги, сорвали с себя верхнюю одежду и узластыми бичами принялись себя хлестать. Смех в зале до того разросся, что заглушил даже стоны бичующихся, усиленные звукоаппаратурой.

– Но почему они смеются? – спросил Дикарь с недоумением и болью в голосе.

– Почему? – Ректор обернулся к нему, улыбаясь во весь рот. – Да потому что смешно до невозможности.

В кинематографической полумгле Бернард отважился на то, на что в прошлом вряд ли решился бы даже в полной темноте. Окрыленный своей новой значимостью, он обнял директрису за талию. Талия гибко ему покорилась. Он хотел уже сорвать поцелуйчик-другой или нежно щипнуть – но тут снова щелкнули, открылись ставни.

– Пожалуй, продолжим осмотр, – сказала мисс Кийт вставая.

– Вот здесь у нас, – указал ректор, пройдя немного по коридору, – гипнопедическая аппаратная.

Вдоль трех стен помещения стояли стеллажи с сотнями проигрывателей – для каждой спальной комнаты свой проигрыватель; четвертую стену всю занимали полки-ячейки с бумажными роликами, содержащими разнообразные гипнопедические уроки.

– Ролик вкладываем сюда, – сказал Бернард, перебивая ректора, – нажимаем эту кнопку...

– Нет, вон ту, – поправил досадливо ректор.

– Да, вон ту. Ролик разматывается, печатная запись считывается, световые импульсы преобразуются селеновыми фотоэлементами в звуковые волны и...

– И происходит обучение во сне, – закончил доктор Гэфни.

– А Шекспира они читают? – спросил Дикарь, когда, направляясь в биохимические лаборатории, они проходили мимо школьной библиотеки.

– Ну, разумеется, нет, – сказала директриса зардевшись.

– Библиотека наша, – сказал доктор Гэфни, – содержит только справочную литературу. Развлекаться наша молодежь может в ощущальных кинозалах. Мы не поощряем развлечений, связанных с уединением.

По остеклованной дороге прокатили мимо пять автобусов, заполненных мальчиками и девочками; одни пели, другие сидели в обнимку молча.

– Возвращаются из Слау, из крематория, – пояснил ректор (Бернард в это время шепотом уговаривался с директрисой о свидании сегодня же вечером). – Смертовоспитание начинается с полутора лет. Каждый малыш дважды в неделю проводит утро в Умиральнице. Там его ожидают самые интересные игрушки и шоколадные пирожные. Ребенок приучается воспринимать умирание, смерть как нечто само собой разумеющееся.

– Как любой другой физиологический процесс, – вставила авторитетно директриса.

Итак, с нею договорено. В восемь часов вечера, в «Савое».

На обратном пути в Лондон они сделали краткую остановку на крыше Брентфордской фабрики телеоборудования.

– Подожди, пожалуйста, минутку, я схожу позвоню, – сказал Бернард.

---

[1] Кающиеся *(исп.)*.

Ожидая, Дикарь глядел вокруг. Главная дневная смена как раз кончилась. Рабочие низших каст толпились, выстраивались в очередь у моновокзала – сотен семь или восемь гамм, дельт и эпсилонов обоего пола, то есть не более дюжины одноликих и однорослых выводков. Длинной гусеницей ползла очередь к окошку. Вместе с билетом кассир совал каждому картонную коробочку.

– Что в этих... этих малых ларчиках? – вспомнив слово из «Венецианского купца», спросил Дикарь возвратившегося Бернарда.

– Дневная порция сомы, – ответил Бернард слегка невнятно; он подкреплял энергию – жевал Гуверову секс-гормональную резинку. – Кончил смену – получай сому. Четыре полуграммовые таблетки. А по субботам – шесть.

Он взял Джона дружески под руку и направился с ним к вертоплану.

Линайна вошла в раздевальню напевая.

– У тебя такой довольный вид, – сказала Фанни.

– Да, у меня радость, – отвечала Линайна. (Жжик! – расстегнула она молнию.) – Полчаса назад позвонил Бернард. (Жжик, жжик! – сняла она шорты.) У него непредвиденная встреча. (Жжик!) Попросил сводить Дикаря вечером в ощущалку. Надо скорей лететь. – И она побежала в ванную кабинку.

«Везет же девушке», – подумала Фанни, глядя вслед Линайне. Подумала без зависти; добродушная Фанни просто констатировала факт. Действительно, Линайне повезло. Не на одного лишь Бернарда, но в щедрой мере и на нее падали лучи славы Дикаря (самая модная, самая громкая сенсация момента!) и озаряли ее малозначительную личность. Ведь сама руководительница Фордианского союза женской молодежи попросила ее прочесть лекцию о Дикаре! Ведь Линайну пригласили на ежегодный званый обед клуба «Афродитеум»! Ведь ее уже показывали в «Ощущальных новостях» – зримо, слышимо и осязаемо явили сотням миллионов жителей планеты!

Едва ли менее лестной для Линайны была благосклонность видных лиц. Второй секретарь Главноуправителя пригласил ее на ужин-завтрак. Один из своих уик-эндов Линайна провела с Верховным судьей, другой – с архипеснословом Кентерберийским. Ей то и дело звонил глава Корпорации секреторных продуктов, а с заместителем Управляющего Европейским банком она слетала в Довиль.

– Чудесно, что и говорить. Но, – призналась Линайна подруге, – у меня какое-то такое чувство, точно я получаю все это обманом. Потому что первым делом, конечно, все они допытываются, какой из Дикаря любовник. И приходится отвечать, что не знаю. – Она поникла головой. – Конечно, почти никто не верит мне. Но это правда. И жаль, что правда, – прибавила она грустно и вздохнула. – Он же страшно красивый – верно?

– А разве ты ему не нравишься? – спросила Фанни.

– Иногда мне кажется, нравлюсь, а иногда – нет. Он избегает меня все время; стоит мне войти в комнату, как он уходит; не коснется рукой никогда; глядит в сторону. Но бывает, обернусь неожиданно и ловлю его взгляд на себе; и тогда – ну, сама знаешь, какой у мужчин взгляд, когда им нравишься.

Фанни кивнула.

– Так что не пойму я, – дернула Линайна плечом. Она недоумевала, она была сбита с толку и удручена. – Потому что, понимаешь, Фанни, он-то мне нравится.

Нравится все больше, все сильней. И вот теперь свидание, думала она, прыскаясь духами после ванны. Здесь, и здесь, и здесь чуточку... Наконец-то свидание. Она весело запела:

        Крепче жми меня, мой кролик,
        Целуй до истомы.

Ах, любовь острее колик
И волшебней сомы.

Запаховый орга́н исполнил восхитительно бодрящее «Травяное каприччио» — журчащие арпеджио тимьяна и лаванды, розмарина, мирта, эстрагона; ряд смелых модуляций по всей гамме пряностей, кончая амброй; и медленный возврат через сандал, камфару, кедр и свежескошенное сено (с легкими порою диссонансами — запашком ливера, слабеньким душком свиного навоза) — возврат к цветочным ароматам, с которых началось каприччио. Повеяло на прощание тимьяном; раздались аплодисменты; свет вспыхнул ярко. В аппарате синтетической музыки завертелся ролик звукозаписи, разматываясь. Трио для экстра скрипки, супервиолончели и гипергобоя наполнило воздух своей мелодической негой. Тактов тридцать или сорок — а затем на этом инструментальном фоне запел совершенно сверхчеловеческий голос; то грудной, то головной, то чистых, как флейта, тонов, то насыщенный томящими обертонами, голос этот без усилия переходил от рекордно басовых нот к почти ультразвуковым переливчатым верхам, далеко превосходящим высочайшее «до», которое, к удивлению Моцарта, пронзительно взяла однажды Лукреция Аюгари — единственный в истории музыки раз — в 1770 году, в герцогской опере города Пармы.

Глубоко уйдя в свои пневматические кресла, Линайна и Дикарь обоняли и слушали. А затем пришла пора глазам и коже включиться в восприятие.

Свет погас; из мрака встали жирные огненные буквы: ТРИ НЕДЕЛИ В ВЕРТОПЛАНЕ. СУПЕРПОЮЩИЙ, СИНТЕТИКОРЕЧЕВОЙ, ЦВЕТНОЙ СТЕРЕОСКОПИЧЕСКИЙ ОЩУЩАЛЬНЫЙ ФИЛЬМ С СИНХРОННЫМ ОРГАНО-ЗАПАХОВЫМ СОПРОВОЖДЕНИЕМ.

— Возьмитесь за шишечки на подлокотниках кресла, — шепнула Линайна. — Иначе не дойдут ощущальные эффекты.

Дикарь взялся пальцами за обе шишечки.

Тем временем огнистые буквы погасли; секунд десять длилась полная темнота, затем вдруг ослепительно великолепные в своей вещественности — куда живей живого, реальней реального — возникли стереоскопические образы великана негра и златовласой юной круглоголовой бета-плюсовички. Негр и бета сжимали друг друга в объятиях.

Дикарь вздрогнул. Как зачесались губы! Он поднял руку ко рту; щекочущее ощущение пропало; опустил руку на металлическую шишечку — губы опять защекотало. А орган между тем источал волны мускуса. Из репродукторов шло замирающее суперворкование: «Оооо»; и сверхафриканский густейший басище (с частотой всего тридцать два колебания в секунду) мычал в ответ воркующей золотой горлице: «Мм-мм!» Опять слились стереоскопические губы — «Оо-мм! Оо-мммм!» — и снова у шести тысяч зрителей, сидящих в «Альгамбре», зазудели эрогенные зоны лица почти невыносимо приятным гальваническим зудом. «Ооо...»

Сюжет фильма был чрезвычайно прост. Через несколько минут после первых воркований и мычаний (когда любовники спели дуэт, пообнимались на знаменитой медвежьей шкуре, каждый волосок которой — совершенно прав помощник Предопределителя! — был четко и раздельно осязаем) негр попал в воздушную аварию, ударился об землю головой. Бум! Какая боль прошила лбы у зрителей! Раздался хор охов и ахов.

От сотрясения полетело кувырком все формированье-воспитанье негра. Он воспылал маниакально-ревнивой страстью к златовласой бете. Она протестовала. Он не унимался. Погони, борьба, нападение на соперника; наконец, захватывающее дух похищение. Бета унесена ввысь, вертоплан три недели висит в небе, и три недели длится этот дико антиобщественный тет-а-тет блондинки с черным маньяком. В конце концов, после целого ряда приключений и всяческой воздушной акробатики трем юным красавцам альфовикам удается спасти девушку. Негра отправляют в Центр переформовки взрослых, и фильм завершается счастливо и благопристойно — девушка дарит своей любовью всех троих спасителей. На минуту они прерывают это занятие, чтобы спеть синтетический квартет под мощный супероркестровый аккомпанемент, в органном аромате гардений. Затем еще раз напоследок медвежья шкура – и под звуки сексофонов экран меркнет на финальном стереоскопическом поцелуе, и на губах у зрителей гаснет электроэзуд, как умирающий мотылек, что вздрагивает, вздрагивает крылышками все слабей и бессильней – и вот уж замер, замер окончательно.

Но для Линайны мотылек не оттрепетал еще. Зажегся уже свет, и они с Джоном медленно по двигались в зрительской толпе к лифтам, а призрак мотылька все щекотал ей губы, чертил на коже сладостно-тревожные ознобные дорожки. Щеки Линайны горели, глаза влажно сияли, грудь вздымалась. Она взяла Дикаря под руку, прижала его локоть к себе. Джон покосился на нее, бледный, – страдая, вожделея и стыдясь своего желания. Он недостоин, недос... Глаза их встретились на миг. Какое обещание в ее взгляде! Какие царские сокровища любви! Джон поспешно отвел глаза, высвободил руку. Он бессознательно страшился, как бы Линайна не сделалась такой, какой он уже не будет недостоин.

– По-моему, это вам вредно, – проговорил он, торопясь снять с нее и перенести на окружающее вину за всякие прошлые или будущие отступления Линайны от совершенства.

– Что вредно, Джон?

– Смотреть такие мерзкие фильмы.

– Мерзкие? – искренне удивилась Линайна. – А мне фильм показался прелестным.

– Гнусный фильм, – сказал Джон негодующе. – Позорный.

– Не понимаю вас, – покачала она головой. Почему Джон такой чудак? Почему он так упорно хочет все испортить?

В вертакси он избегал на нее смотреть. Связанный нерушимыми обетами, никогда не произнесенными, покорный законам, давно уже утратившим силу, он сидел отвернувшись и молча. Иногда – будто чья-то рука дергала тугую, готовую лопнуть струну – по телу его пробегала внезапная нервная дрожь.

Вертакси приземлилось на крыше дома, где жила Линайна. Наконец-то, ликующе подумала она, выходя из кабины. Наконец-то – хоть он и вел себя сейчас так непонятно. Остановившись под фонарем, она погляделась в свое зеркальце. Наконец-то. Да, нос чуть-чуть лоснится. Она отряхнула пуховку. Пока Джон расплачивается с таксистом, можно привести лицо в порядок. Она заботливо прошлась пуховкой, говоря себе: «Он ужасно красив. Ему-то незачем робеть, как Бернарду. А он робеет... Любой другой давно бы уже. Но теперь наконец-то». Из круглого зеркальца ей улыбнулись нос и полщеки, уместившиеся там.

– Спокойной ночи, – произнес за спиной у нее сдавленный голос. Линайна круто обернулась. Джон стоял в дверях кабины, глядя на Линайну неподвижным взглядом; должно быть, он стоял так и глядел все время, пока она пудрилась, и ждал – но чего? – колебался, раздумывал, думал – но о чем? Что за чудак, уму непостижимый... – Спокойной ночи, Линайна, – повторил он, страдальчески морща лицо в попытке улыбнуться.

– Но, Джон... Я думала, вы... То есть разве вы не?..

Дикарь, не отвечая, закрыл дверцу, наклонился к пилоту, что-то сказал ему. Вертоплан взлетел.

Сквозь окошко в полу Дикарь увидел лицо Линайны, бледное в голубоватом свете фонарей. Рот ее открыт, она зовет его. Укороченная в ракурсе фигурка Линайны понеслась вниз; уменьшаясь, стал падать во тьму квадрат крыши.

Через пять минут Джон вошел к себе в комнату. Из ящика в столе он вынул обгрызенный мышами том и, полистав с благоговейной осторожностью мятые, захватанные страницы, стал читать «Отелло». Он помнил, что, подобно герою «Трех недель в вертоплане», Отелло – чернокожий.

Линайна отерла слезы, направилась к лифту. Спускаясь с крыши на свой двадцать восьмой этаж, она вынула флакончик с сомой. Грамма, решила она, будет мало; печаль ее не из однограммовых. «Но если принять два грамма, то, чего доброго, проспишь, опоздаешь завтра на работу. Приму полтора». – И она вытряхнула на ладонь три таблетки.

Глава двенадцатая

Бернарду пришлось кричать сквозь запертую дверь; Дикарь упорно не открывал.
— Но все уже собрались и ждут тебя.
— Пускай ждут на здоровье, — глухо донеслось из-за двери.
— Но, Джон, ты ведь отлично знаешь (как, однако, трудно при давать голосу убедительность, когда кричишь), что я их пригласил именно на встречу с тобой.
— Прежде надо было меня спросить, хочу ли я с ними встретиться.
— Ты ведь никогда раньше не отказывался.
— А вот теперь отказываюсь. Хватит.
— Но ты ж не подведешь друга, — льстиво проорал Бернард. — Ну сделай одолжение, Джон.
— Нет.
— Ты это серьезно?
— Да.
— Но мне что же прикажешь делать? — простонал в отчаянии Бернард.
— Убирайся к черту! — рявкнуло раздраженно за дверью.
— Но у нас сегодня сам архипеснослов Кентерберийский, — чуть не плача, крикнул Бернард.
— Аи яа таква! — Единственно лишь на языке зуньи способен был Дикарь с достаточной силой выразить свое отношение к архипеснослову. — Хани! — послал он новое ругательство и добавил со свирепой насмешкой: — Сонс эсо цена. — И плюнул на пол, как плюнул бы Попе.

Так и пришлось сникшему Бернарду вернуться ни с чем и сообщить нетерпеливо ожидающим гостям, что Дикарь сегодня не появится. Весть эта была встречена негодованием. Мужчины гневались, поскольку впустую потратили свои любезности на замухрышку Бернарда с его дурной репутацией и еретическими взглядами. Чем выше их положение в общественной иерархии, тем сильней была их досада.

— Сыграть такую шуточку со мной! — восклицал архипеснослов. — Со мной!

Дам же бесило то, что ими под ложным предлогом попользовался жалкий субъект, хлебнувший спирта во младенчестве, — человечек с тельцем гамма-минусовика. Это просто безобразие — и они возмущались все громче и громче. Особенно язвительна была итонская директриса.

Только Линайна молчала. Она сидела в углу бледная, синие глаза ее туманились непривычной грустью, и эта грусть отгородила, обособила ее от окружающих. А шла она сюда, исполненная странным чувством буйной и тревожной радости. «Еще несколько ми нут, — говорила она себе, входя, — и я увижу его, заговорю с ним, скажу (она уже решилась ему открыться), что он мне нравится — больше всех, кого я знала в жизни. И тогда, быть может, он мне скажет...»

Скажет – что? Ее бросало в жар и краску.

«Почему он так непонятно вел себя после фильма? Так по-чудному. И все же я уверена, что на самом деле ему нравлюсь. Абсолютно уверена...»

И в этот-то момент вернулся Бернард со своей вестью: Дикарь не выйдет к гостям.

Линайна испытала внезапно все то, что обычно испытывают сразу после приема препарата ЗБС (заменитель бурной страсти), — чувство ужасной пустоты, теснящую дыхание тоску, тошноту. Сердце словно перестало биться.

«Возможно, оттого не хочет выйти, что не нравлюсь я ему», — по думала она. И тотчас же возможность эта сделалась в ее сознании неопровержимым фактом: не нравится она ему. Не нравится...

— Это уж он форд знает что себе позволяет, — говорила между тем директриса Заведующему крематориями и утилизацией фосфора. — И подумать, что я даже...

— Да, да, — слышался голос Фанни Краун, — насчет спирта все чистейшая правда. Знакомая моей знакомой как раз работала тогда в Эмбрионарии. Знакомая сама слышала от этой знакомой...

— Скверная шуточка, скверная, — поддакнул архипеснослову Генри Фостер. — Вам небезынтересно будет узнать, что бывший наш директор, если бы не ушел, то перевел бы его в Исландию.

Пронзаемый каждым новым словом, тугой воздушный шар Бернардова самодовольства съеживался на глазах, соча газ из тысячи проколов. Смятенный, потерянный, бледный и жалкий, Бернард метался среди гостей, бормотал бессвязные извинения, заверял, что в следующий раз Дикарь непременно будет, усаживал и упрашивал угоститься каротинным сандвичем, отведать пирога с витамином А, выпить искусственного шампанского. Гости ели — но Бернарда уже знать не хотели; пили — и либо ему грубили, либо же переговаривались о нем громко и оскорбительно, точно его не было с ними рядом.

— А теперь, друзья мои, — плотно подзакусив, промолвил архипеснослов Кентерберийский этим своим великолепным медным голосом, что вершит и правит празднованиями Дня Форда, — теперь, друзья мои, пора уже, я думаю... — Он встал с кресла, поставил бокал, стряхнул с пурпурного вискозного жилета крошки и направил стопы свои к выходу.

Бернард ринулся наперехват:

— Неужели?.. Ведь так еще рано... Я питал надежду, что Ваше...

Да, каких только надежд он не питал, после того как Линайна сообщила ему по секрету, что архипеснослов примет приглашение, если таковое будет послано. «А знаешь, он очень милый». И показала Бернарду золотую Т-образную застежечку, которую архипеснослов подарил ей в память уик-энда, проведенного Линайной в его резиденции. «Званый вечер с участием архипеснослова Кентерберийского и м-ра Дикаря» — эти триумфальные слова красовались на всех пригласительных билетах. Но именно этот-то вечер избрал Дикарь, чтобы запереться у себя и отвечать на уговоры ругательствами «Хани!» и даже «Сонс эсо це-на!» (счастье Бернарда, что он не знает языка зуньи). То, что должно было стать вершинным мигом всей жизни Бернарда, стало мигом его глубочайшего унижения.

— Я так надеялся... — лепетал он, глядя на верховного фордослужителя молящими и горестными глазами.

— Молодой мой друг, — изрек архипеснослов торжественно-сурово; все кругом смолкло. — Позвольте преподать вам совет. Добрый совет. — Он погрозил Бернарду пальцем: — Исправьтесь, пока еще не поздно. — В голосе его зазвучали гробовые ноты: — Прямыми сделайте стези ваши, молодой мой друг. — Он осенил Бернарда знаком Т и отворотился от него. — Линайна, радость моя, — произнес он, меняя тон. — Прошу со мной.

Послушно, однако без улыбки и без восторга — совершенно не сознавая, какая оказана ей честь, — Линайна пошла следом. Переждав минуту из почтения к архипеснослову, двинулись к выходу и остальные гости. Последний хлопнул, уходя, дверью. Бернард остался один. Совершенно убитый, он опустился на стул, закрыл лицо руками и заплакал. Поплакав несколько минут, он прибегнул затем к средству действеннее слез — принял четыре таблетки сомы.

Наверху, в комнате у себя, Дикарь был занят чтением «Ромео и Джульетты».

* * *

Вертоплан доставил архипеснослова и Линайну на крышу Собора песнословия.

— Поторопитесь, молодой мой... то есть Линайна, — позвал нетерпеливо архипеснослов, стоя у дверей лифта. Линайна, замешкавшаяся на минуту, глядевшая на луну, опустила глаза и поспешила к лифту.

«Новая биологическая теория» – так называлась научная работа, которую кончил в эту минуту читать Мустафа Монд. Он посидел, глубокомысленно хмурясь, затем взял перо и поперёк заглавного листа начертал: «Предлагаемая автором математическая трактовка концепции жизненазначения является новой и весьма остроумной, но еретической и по отношению к общественному порядку опасной и потенциально разрушительной. Публикации не подлежит (эту фразу он подчеркнул). Автора держать под надзором. Потребуется, возможно, перевод его на морскую биостанцию на острове Св. Елены». А жаль, подумал он, ставя свою подпись. Работа сделана мастерски. Но только позволить им начать рассуждать о назначении жизни – и форд знает до чего дорассуждаются. Подобными идеями легко сбить с толку тех высшекастовиков, чьи умы менее устойчивы, – разрушить их веру в счастье как Высшее Благо и убедить в том, что жизненная цель находится где-то дальше, где-то вне нынешней сферы людской деятельности; что назначение жизни состоит не в поддержании благоденствия, а в углублении, облагорожении человеческого сознания, в обогащении человеческого знания. И вполне возможно, подумал Главноуправитель, что такова и есть цель жизни. Но в нынешних условиях это не может быть допущено. Он снова взял перо и вторично подчеркнул слова «Публикации не подлежит» – еще гуще и чернее; затем вздохнул. «Как бы интересно стало жить на свете, – подумал он, – если бы можно было отбросить заботу о счастье».

Закрыв глаза, с восторженно-сияющим лицом, Дикарь тихо декламировал в пространство:

> Краса бесценная и неземная,
> Все факелы собою затмевая,
> Она горит у ночи на щеке,
> Как бриллиант в серьге у эфиопки…

Золотой Т-образный язычок блестел у Линайны на груди. Архипеснослов игриво взялся за эту застежечку, игриво дернул, потянул.

– Я, наверно… – прервала долгое свое молчание Линайна. – Я, пожалуй, приму грамма два сомы.

Бернард к этому времени уже крепко спал и улыбался своим райским снам. Улыбался, радостно улыбался. Но неумолимо, каждые тридцать секунд, минутная стрелка электрочасов над его постелью совершала прыжочек вперед, чуть слышно щелкнув. Щелк, щелк, щелк, щелк… И настало утро. Бернард вернулся в пространство и время – к своим горестям. В полном унынии отправился он на службу, в Воспитательный Центр. Недели опьянения кончились; Бернард очутился в прежней житейской оболочке; и, упавшему на землю с поднебесной высоты, ему как никогда тяжело было влачить эту постылую оболочку.

К Бернарду подавленному, протрезвевшему Дикарь неожиданно отнесся с сочувствием.

– Теперь ты снова похож на того, каким был в Мальпаисе, – сказал он, когда Бернард поведал ему о печальном финале вечера. – Помнишь наш первый разговор? На пустыре у нас. Ты теперь опять такой.

– Да, потому что я опять несчастен.

– По мне, лучше уж несчастье, чем твое фальшивое, лживое счастье прошлых недель.

– Ты б уж молчал, – горько сказал Бернард. – Ведь сам же меня подкосил. Отказался сойти к гостям и всех их превратил в моих врагов.

Бернард сознавал, что слова его несправедливы до абсурда; он признавал в душе – и даже признал вслух – правоту Дикаря, возражавшего, что грош цена приятелям, которые чуть что превращаются во врагов и гонителей. Но, сознавая и признавая все это, и дорожа поддержкой, сочувствием друга, и оставаясь искренне к нему привязанным, Бернард упрямо все же затаил на Дикаря обиду и обдумывал, как бы отквитать ему по мелочам. На архипеснослова питать обиду бесполезно; отомстить Главному укупорщику или помощнику Предопределителя у Бернарда не было возможности. Дикарь же в качестве жертвы обладал тем огромным преимуществом, что был в пределах досягаемости. Одно из главных назначений друга – подвергаться (в смягченной и символической форме) тем карам, что мы хотели бы, да не можем обрушить на врагов.

Второй жертвой-другом у Бернарда был Гельмгольц. Когда, потерпев крушение, он пришел к Гельмгольцу, чтобы возобновить дружбу, которую во дни успеха решил разорвать, то Гельмгольц встретил его радушно, без слова упрека, словно не было у них никакой ссоры. Бернард был тронут и в то же время унижен этим великодушием – этой сердечной щедростью, тем более необычайной (и оттого вдвойне унизительной), что объяснялась она отнюдь не воздействием сомы. Простил и забыл Гельмгольц трезвый и будничный, а не Гельмгольц, одурманенный таблеткой. Бернард, разумеется, был благодарен (дружба с Гельмгольцем теперь – утешение огромное) и, разумеется, досадовал (а приятно будет как-нибудь наказать друга за его великодушие и благородство).

В их первую же встречу Бернард излил перед другом свои печали и услышал слова ободрения. Лишь спустя несколько дней он узнал, к своему удивлению – и стыду тоже, – что не один теперь в беде. Гельмгольц сам оказался в конфликте с Властью.

– Из-за своего стишка, – объяснил Гельмгольц. – Я читаю третьекурсникам спецкурс по технологии чувств. Двенадцать лекций, из них седьмая – о стихах. Точнее, «О применении стихов в нравственной пропаганде и рекламе». Я всегда обильно ее иллюстрирую конкретными примерами. В этот раз пришла мне мысль попотчевать студентов стишком, только что сочиненным. Мысль сумасшедшая, конечно, но уж очень захотелось. – Гельмгольц засмеялся. – К тому же, – прибавил он более серьезным тоном, – хотелось проверить себя как специалиста: смогу ли я внушить то чувство, какое испытывал сам, когда писал. Господи Форде! – засмеялся он опять. – Какой поднялся шум! Шеф вызвал меня к себе и пригрозил немедленно уволить. Отныне я взят на заметку.

– А о чем твой стишок? – спросил Бернард.
– О ночной уединенности.

Бернард поднял брови.

– Если хочешь, прочту. – И Гельмгольц начал:

        Кончено заседание.
        В Сити – полночный час.
        Палочки барабанные
        Немы. Оркестр угас.
        Сор уснул на панели.
        Спешка прекращена.
        Там, где толпы кишели,
        Радуется тишина,
        Радуется и плачет,
        Шепотом или навзрыд.
        Что она хочет и значит?
        Голосом чьим говорит?
        Вместо одной из многих
        Сюзанн, Марианн, Услад
        (У каждой плечи и ноги

> И аппетитный зад)
> Со мной разговор затевает,
> Все громче свое запевает
> Химера? абсурд? пустота? —
> И ею ночь городская
> Гуще, плотней занята,
> Чем всеми теми многими,
> С кем спариваемся мы.
> И кажемся мы убогими
> Жителями тьмы.

Я привел им это в качестве примера, а они донесли шефу.
– Что ж удивляться, – сказал Бернард. – Стишок этот идет вразрез со всем, что они с детства усвоили во сне. Вспомни – им по крайней мере четверть миллиона раз повторили в той или иной форме, что уединение вредно.
– Знаю. Но мне хотелось проверить действие стиха на слушателях.
– Ну вот и проверил.
В ответ Гельмгольц только рассмеялся.
– У меня такое ощущение, – сказал он, – словно брезжит передо мной что-то, о чем стоит писать. Словно начинает уже находить применение бездействовавшая во мне сила – та скрытая, особенная сила. Что-то во мне пробуждается.
«Попал в беду, а рад и светел», – подумал Бернард.
Гельмгольц с Дикарем сдружились сразу же. Такая тесная завязалась у них дружба, что Бернарда даже кольнула в сердце ревность. За все эти недели ему не удалось так сблизиться с Дикарем, как Гельмгольцу с первого же дня. Глядя на них, слушая их разговоры, Бернард иногда жалел сердито, что свел их вместе. Этого чувства он стыдился и пытался его подавить то сомой, то усилием воли. Но волевые усилия мало помогали, а сому непрерывно ведь не будешь глотать. И гнусная зависть-ревность мучила снова и снова.
В третье свое посещение Дикаря Гельмгольц прочел ему злополучный стишок.
– Ну, как впечатление? – спросил он, кончив.
Дикарь покрутил головой.
– Вот послушай-ка лучше, – сказал он и, отомкнув ящик, вынув заветную замызганную книгу, раскрыл ее и стал читать:

> Птица звучного запева,
> Звонкий заревой трубач!
> Воструби, воспой, восплачь
> С веток Фениксова древа...

Гельмгольц слушал с растущим волнением. Уже с первых строк он встрепенулся; улыбнулся от удовольствия, услышав «Ухающая сова»; от строки «Хищнокрылые созданья» щекам вдруг стало жарко, а при словах «Скорбной музыкою смерти» он побледнел, вдоль спины дернуло не испытанным еще ознобом. Дикарь читал дальше:

> Стало Самости тревожно,
> Что смешались «я» и «ты»;
> Разделяющей черты
> След увидеть невозможно.
> Разум приведен в тупик

Этим розного слияньем...

– Слиться нас Господь зовет, – перебил Бернард, хохотнув ехидно. – Хоть пой эту абракадабру на сходках единения. – Он мстил обоим – Дикарю и Гельмгольцу.

В течение последующих двух-трех встреч он часто повторял свои издевочки. Месть несложная и чрезвычайно действенная – ибо и Гельмгольца и Дикаря ранило до глубины это осквернение, растаптывание хрусталя поэзии. Наконец Гельмгольц пригрозил вышвырнуть Бернарда из комнаты, если тот перебьет Дикаря снова. Но как ни странно, а прервал в следующий раз чтение сам Гельмгольц, и еще более грубым образом.

Дикарь читал «Ромео и Джульетту» – с дрожью, с пылом страсти, ибо в Ромео видел самого себя, а в Джульетте – Линайну. Сцену их первой встречи Гельмгольц прослушал с недоуменным интересом. Сцена в саду восхитила его своей поэзией; однако чувства влюбленных вызвали улыбку. Так взвинтить себя из-за взаимопользования – смешновато как-то. Но если взвесить каждую словесную деталь, что за превосходный образец инженерии чувств!

– Перед стариканом Шекспиром, – признал Гельмгольц, – лучшие наши специалисты – ничто.

Дикарь торжествующе улыбнулся и продолжил чтение. Все шло гладко до той концевой сцены треть его акта, где супруги Капулетти понуждают дочь выйти замуж за Париса. На протяжении всей сцены Гельмгольц поерзывал; когда же, прочувственно передавая мольбу Джульетты, Дикарь прочел:

> Все мое горе видят небеса.
> Ужели нету жалости у неба?
> О, не гони меня, родная мать!
> Отсрочку дай на месяц, на неделю;
> А если нет, то брачную постель
> Стелите мне в могильном мраке склепа,
> Где погребен Тибальт...

тут уж Гельмгольц безудержно расхохотался.

Отец и мать (непотребщина в квадрате!) тащат, толкают дочку к взаимопользованию с неприятным ей мужчиной! А дочь, идиотка этакая, утаивает, что взаимопользуется с другим, кого (в данный момент, во всяком случае) предпочитает! Дурацки непристойная ситуация эта в высшей степени комична. До сих пор Гельмгольцу еще удавалось героическим усилием подавлять разбиравший его смех; но «родная мать» (страдальчески, трепетно произнес это Дикарь) и упоминание о мертвом Тибальте, лежащем во мраке склепа, – очевидно, без кремации, так что весь фосфор пропадает зря, – мать с Тибальтом доконали Гельмгольца. Он хохотал и хохотал, уже и слезы текли по лицу, и все не мог остановиться; а Дикарь глядел на него поверх страницы, бледнея оскорбленно, и наконец с возмущением захлопнул книгу, встал и запер ее в стол – спрятал бисер от свиней.

– И однако, – сказал Гельмгольц, отдышавшись, извинясь и несколько смягчив Дикаря, – я вполне сознаю, что подобные нелепые, безумные коллизии необходимы драматургу; ни о чем другом нельзя написать по-настоящему захватывающее. Ведь почему этот старикан был таким замечательным технологом чувств? Потому что писал о множестве вещей мучительных, бредовых, которые волновали его. А так и надо – быть до боли взволнованным, задетым за живое; иначе не изобретешь действительно хороших, всепроникающих фраз. Но «отец»! Но «мать»! – Он покачал головой. – Уж тут, извини, сдержать смех немыслимо. Да и кого из нас взволнует то, пользуется парень девушкой или нет? (Дикаря покоробило, но Гельмгольц, потупившийся в раздумье, ничего не заметил.) Нет, – подытожил он со вздохом, – сейчас такое не годится. Требуется иной род безумия и насилия. Но какой именно? Что именно? Где его искать? – Он помолчал; затем, мотнув головой: – Не знаю, – сказал наконец. – Не знаю.

Глава тринадцатая

В красном сумраке Эмбрионария замаячил Генри Фостер.
— В ощущалку вечером махнем?
Линайна молча покачала головой.
— А с кем ты сегодня? — Ему интересно было знать, кто из его знакомых с кем взаимопользуется. — С Бенито?
Она опять качнула головой.
Генри заметил усталость в этих багряных глазах, бледность под ало-волчаночной глазурью, грусть в уголках неулыбающегося малинового рта.
— Нездоровится тебе, что ли? — спросил он слегка обеспокоенно: а вдруг у нее одна из немногих еще оставшихся заразных болезней?
Но снова Линайна покачала головой.
— Все-таки зайди к врачу, — сказал Генри. — «Прихворну хотя бы чуть, сразу к доктору лечу», — бодро процитировал он гипнопедическую поговорку, для вящей убедительности хлопнув Линайну по плечу. — Возможно, тебе требуется псевдобеременность. Или усиленная доза ЗБС. Иногда, знаешь, обычной бывает недоста…
— Ох, замолчи ты ради Форда, — вырвалось у Линайны. И она повернулась к бутылям на конвейерной ленте, от которых отвлек ее Генри.
Вот именно, ЗБС ей нужен, заменитель бурной страсти! Она рассмеялась бы Генри в лицо, да только боялась расплакаться. Как будто мало у нее своей БС! С тяжелым вздохом набрала она в шприц раствора.
— Джон, — шепнула она тоскующе, — Джон…
«Господи Форде, — спохватилась она. — Сделала я уже этому зародышу укол или не сделала? Совершенно не помню. Еще вторично впрысну, чего доброго». Решив не рисковать этим, она занялась следующей бутылью.
Через двадцать два года восемь месяцев и четыре дня молодой подающий надежды альфа-минусовик, управленческий работник в Мванза-Мванза, умрет от сонной болезни — это будет первый случай за полстолетия с лишним. Вздыхая, Линайна продолжала действовать иглой.
— Но это абсурд — так себя изводить, — возмущалась Фанни в раздевальне час спустя. — Просто абсурд, — повторила она. — И притом из-за чего? Из-за мужчины — одного какого-то мужчины.
— Но я именно его хочу.
— Как будто не существуют на свете миллионы других.
— Но их я не хочу.
— А ты прежде попробуй, потом говори.
— Я пробовала.
— Ну скольких ты перепробовала? — Фанни пожала насмешливо плечиком. — Одного, двух?
— Несколько десятков. Но эффекта никакого.
— Пробуй не покладая рук, — назидательно сказала Фанни. Но было видно, что в ней уже поколебалась вера в этот рецепт. — Без усердия ничего нельзя достичь.
— Усердие усердием, но я…
— Выбрось его из мыслей.
— Не могу.
— А ты сому принимай.
— Принимаю.

— Ну и продолжай принимать.

— Но в промежутках он не перестает мне нравиться. И не перестанет никогда.

— Что ж, если так, — сказала Фанни решительно, — тогда просто-напросто пойди и возьми его. Все равно, хочет он или не хочет.

— Но если бы ты знала, какой он ужасающий чудак!

— Тем более необходима с ним твердость.

— Легко тебе говорить.

— Знать ничего не знай. Действуй. — Голос у Фанни звучал теперь фанфарно, словно у лекторши из ФСЖМ, проводящей вечернюю беседу с двенадцатилетними бета-минусовичками. — Да, действуй, и безотлагательно. Сейчас.

— Боязно мне, — сказала Линайна.

— Прими сперва таблетку сомы — и все дела. Ну, я пошла мыться. — Подхватив мохнатую простыню, Фанни зашагала к кабинкам.

В дверь позвонили, и Дикарь вскочил и бросился открывать — он решил наконец сказать Гельмгольцу, что любит Линайну, и теперь ему уж не терпелось.

— Я предчувствовал, что ты придешь, — воскликнул он, распахивая дверь.

На пороге — в белом, ацетатного шелка, матросском костюме и в круглой белой шапочке, кокетливо сдвинутой на левое ухо, — стояла Линайна.

Дикарь так и ахнул, точно его ударили с размаха.

Полграмма сомы оказалось Линайне достаточно, чтобы позабыть колебания и страхи.

— Здравствуй, Джон, — сказала она с улыбкой и прошла в комнату. Машинально закрыл он дверь и пошел следом. Линайна села. Наступило длинное молчание.

— Ты вроде бы не рад мне, — сказала наконец Линайна.

— Не рад? — В глазах Джона выразился упрек; он вдруг упал перед ней на колени, благоговейно поцеловал ей руку. — Не рад? О, если бы вы только знали, — прошептал он и, набравшись духу, взглянул ей в лицо. — О восхитительнейшая Линайна, достойная самого дорогого, что в мире есть. (Она улыбнулась, обдав его нежностью.) О, вы так совершенны (приоткрыв губы, она стала наклоняться к нему), так совершенны и так несравненны (ближе, ближе); чтобы создать вас, у земных созданий взято все лучшее. — (Еще ближе...) Дикарь внезапно поднялся с колен. — Вот почему, — сказал он, отворачивая лицо, — я хотел сперва совершить что-нибудь... Показать то есть, что достоин вас. То есть я всегда останусь недостоин. Но хоть показать, что не совсем уж... Свершить что-нибудь.

— А зачем это необходимо... — начала и не кончила Линайна. В голосе ее прозвучала раздраженная нотка. Когда наклоняешься, тянешься губами ближе, ближе, и вдруг дуралей-партнер вскакивает и ты как бы проваливаешься в пустоту, то поневоле возьмет досада, хотя в крови твоей и циркулирует полграмма сомы.

— В Мальпаисе, — путано бормотал Дикарь, — надо принести шкуру горного льва, кугуара. Когда сватаешься то есть. Или волчью.

— В Англии нет львов, — сказала Линайна почти резко.

— Да если бы и были, — неожиданно проговорил Дикарь с брезгливым возмущением, — то их бы с вертопланов, наверно, стреляли, газом бы травили. Не так бы я сражался со львом, Линайна. — Расправив плечи, расхрабрившись, он повернулся к Линайне — и увидел на лице у нее досаду и непонимание. — Я что угодно совершу, — продолжал он в замешательстве, все больше путаясь. — Только прикажите. Среди забав бывают и такие, где нужен тяжкий труд. Но оттого они лишь слаще. Вот и я бы. Прикажи вы только, я полы бы мел.

— Но на это существуют пылесосы, — сказала недоуменно Линайна. — Мести полы нет необходимости.

– Необходимости-то нет. Но низменная служба бывает благородно исполнима. Вот и я хотел бы исполнить благородно.

– Но раз у нас есть пылесосы...

– Не в том же дело.

– ...и есть эпсилон-полукретины, чтобы пылесосить, – продолжала Линайна, – то зачем это тебе, ну зачем?

– Зачем? Но для вас, Линайна. Чтобы показать вам, что я...

– И какое отношение имеют пылесосы ко львам?..

– Показать, как сильно...

– Или львы к нашей встрече?.. – Она раздражалась все больше.

– ...как вы мне дороги, Линайна, – выговорил он с мукой в голосе. Волна радости затопила Линайну – волна румянца залила ей щеки.

– Ты признаешься мне в любви, Джон?

– Но мне еще не полагалось признаваться, – вскричал Джон, чуть ли не ломая себе руки. – Прежде следовало... Слушайте, Линайна, в Мальпаисе влюбленные вступают в брак.

– Вот что вступают? – Линайна опять уже начинала сердиться. Что это он мелет?

– Навсегда. Дают клятву жить вместе навек.

– Что за бредовая мысль! – Линайна не шутя была шокирована.

– Пускай увянет внешняя краса, но обновлять в уме любимый облик быстрей, чем он ветшает.

– Что такое?

– И Шекспир ведь учит: «Не развяжи девичьего узла до совершения святых обрядов во всей торжественной их полноте...»

– Ради Форда, Джон, говори по-человечески. Я не понимаю ни слова. Сперва пылесосы, теперь узлы. Ты с ума меня хочешь свести. – Она рывком встала и – словно опасаясь, что и сам Джон ускользнет от нее, как ускользает смысл его слов, – схватила Джона за руку. – Отвечай мне прямо: нравлюсь я тебе или не нравлюсь?

Пауза; чуть слышно он произнес:

– Я люблю вас сильней всего на свете.

– Тогда почему же молчал, не говорил? – воскликнула она, и так выведена была Линайна из себя, что ее острые ноготки ее вонзились Джону в кожу. – Городишь чепуху об узлах и пылесосах и львах. Лишаешь меня радости все эти недели.

Она выпустила его руку, отбросила ее сердито от себя.

– Если бы ты мне так не нравился, – проговорила она, – я бы страшно на тебя разозлилась.

И вдруг обвила ему шею, прижалась нежными губами к губам. Настолько сладостен, горяч, электризующ был этот поцелуй, что Джону не могли не вспомниться стереоскопически зримые и осязаемые объятия в «Трех неделях на вертоплане». Воркование блондинки и мычание негра. Ужас, мерзость... он попытался высвободиться, но Линайна обняла еще тесней.

– Почему ты молчал? – прошептала она, откинув голову и взглядывая. В глазах ее был ласковый укор.

«Ни злобный гений, пламенящий кровь, ни злачный луг, ни темная пещера, – загремел голос поэзии и совести, – ничто не соблазнит меня на блуд и не расплавит моей чести в похоть». Ни за что, ни за что, решил Джон мысленно.

– Глупенький, – шептала Линайна. – Я так тебя хотела. А раз и ты хотел меня, то почему же?..

– Но, Линайна, – начал он; она тут же разомкнула руки, отшагнула от него, и он подумал на минуту, что Линайна поняла его без слов. Но она расстегнула белый лакированный пояс с кармашками, аккуратно повесила на спинку стула.

– Линайна, – повторил он, предчувствуя недоброе.

Она подняла руку к горлу, дернула молнию, распахнув сверху донизу свою белую матроску; тут уж предчувствие сгустилось в непреложность.

– Линайна, что вы делаете!

Жжик, жжик! – прозвучало в ответ. Она сбросила брючки клеш и осталась в перламутрово-розовом комби. На груди блестела золотая Т-образная застежка, подарок архипеснослова.

«Ибо эти соскé, что из решетчатых окошек разят глаза мужчин...» Вдвойне опасной, вдвойне обольстительной становилась она в ореоле певучих, гремучих, волшебных слов. Нежна, мягка, но как разящá! Вонзается в мозг, пробивает, буравит решимость. «Огонь в крови сжирает, как солому, крепчайшие обеты. Будь воздержней, не то...»

Жжик! Округлая розовость комби распалась пополам, как яблоко, разрезанное надвое. Сбрасывающее движение рук, затем ног – правой, левой, – и комби легло безжизненно и смято на пол. В носочках, туфельках и в белой круглой шапочке набекрень Линайна пошла к Джону.

– Милый! Милый мой! Почему же ты раньше молчал! – Она распахнула руки.

Но вместо того чтобы ответить: «Милая!» и принять ее в объятия, Дикарь в ужасе попятился, замахав на нее, точно отгоняя опасного и напирающего зверя. Четыре попятных шага – и он уперся в стену.

– Любимый! – сказала Линайна и, положив Джону руки на плечи, прижалась к нему. – Обними же меня, – приказала она. – Крепче жми меня, мой кролик. – У нее в распоряжении тоже была поэзия, слова, которые поют, колдуют, бьют в барабаны. – Целуй, – она закрыла глаза, обратила голос в дремотный шепот, – целуй до истомы. Ах, любовь острее...

Дикарь схватил ее за руки, оторвал от своих плеч, грубо отстранил, не разжимая хватки.

– Ай, мне больно, мне... ой! – Она вдруг замолчала. Страх заставил забыть о боли – открыв глаза, она увидела его лицо; нет, чье-то чужое, бледное, свирепое лицо, перекошенное, дергающееся в необъяснимом, сумасшедшем бешенстве. Оторопело она прошептала: – Но что с тобой, Джон?

Он не отвечал, упирая в нее свой исступленный взгляд. Руки, сжимающие ей запястья, дрожали. Он дышал тяжело и неровно. Слабый, чуть различимый, но жуткий, послышался скрежет его зубов.

– Да что с тобой? – вскричала она.

И, словно очнувшись от этого вскрика, он схватил ее за плечи и затряс:

– Блудница! Шлюха! Наглая блудница!

– Ой, не на-а-адо! – Джон тряс ее, и голос прерывался блеюще.

– Шлюха!

– Прошу-у те-бя-а-а.

– Шлюха мерзкая!

– Лучше полгра-а-амма, чем...

Дикарь с такой силой оттолкнул ее, что она не удержалась на ногах, упала.

– Беги, – крикнул он, грозно высясь над нею. – Прочь с глаз моих, не то убью. – Он сжал кулаки.

Линайна заслонилась рукой:

– Умоляю тебя, Джон...

– Беги. Скорее!

Загораживаясь рукой, устрашенно следя за каждым его движением, она вскочила на ноги и – пригибаясь, прикрывая голову – бросилась в ванную.

Дикарь дал ей, убегающей, шлепок, сильный и звонкий, как выстрел.

– Ай! – сделала скачок Линайна.

Запершись в ванной от безумца, отдышавшись, она повернулась к зеркалу спиной, взглянула через левое плечо. На жемчужной коже отчетливо алел отпечаток пятерни. Она осторожно потерла алый след.

А за стенкой Дикарь мерял шагами комнату под стучащие в ушах барабаны, в такт колдовским словам. «Пичугой малой, золоченой мушкой – и теми откровенно правит похоть, – сумасводяще гремели слова. – Разнузданней хоря во время течки и кобылиц раскормленных ярей. Вот что такое женщины-кентавры, и богова лишь верхняя их часть, а ниже пояса – все дьяволово. Там ад и мрак, там серная геенна смердит, и жжет, и губит. Тьфу, тьфу, тьфу! Дай-ка, друг аптекарь, унцию цибета – очистить воображение».

– Джон! – донесся робеюще-вкрадчивый голосок из ванной. – Джон!

«О сорная трава, как ты прекрасна, и ароматна так, что млеет сердце. На то ль предназначали эту книгу, чтобы великолепные листы носили на себе клеймо «блудница»? Смрад затыкает ноздри небесам...»

Но в ноздрях у Джона еще благоухали духи Линайны, белела пудра на его куртке, там, где касалось ее бархатистое тело. «Блудница наглая, блудница наглая, – неумолимо стучало в сознании. – Блудница...»

– Джон, мне бы одежду мою.

Он поднял с пола брючки клеш, комби, матроску.

– Открой! – сказал он, толкая ногой дверь.

– Нет уж, – испуганно и строптиво ответил голосок.

– А как же передать?

– В отдушину над дверью.

Он протолкнул туда одежки – и снова зашагал смятенно взад-вперед по комнате. «Блудница наглая, блудница наглая. Как зудит в них жирнозадый бес любострастия...»

– Джон.

Он не ответил. «Жирнозадый бес».

– Джон.

– Что нужно? – угрюмо спросил он.

– Мне бы еще мой мальтузианский пояс.

Сидя в ванной, Линайна слушала, как он вышагивает за стеной. Сколько еще будет длиться это шаганье? Вот так и ждать, пока ему заблагорассудится уйти? Или, повременив, дав его безумию утихнуть, решиться на бросок из ванной к выходу?

Эти ее тревожные раздумья прервал телефонный звонок, раздавшийся в комнате. Шаги прекратились. Голос Джона повел диалог с тишиной:

– Алло.

.....

– Да.

.....

– Да, если не присвоил сам себя.

.....

– Говорю же вам – да. Мистер Дикарь вас слушает.

.....

– Что? Кто заболел? Конечно, интересует.

.....

– Больна серьезно? В тяжелом? Сейчас же буду у нее...

.....

– Не дома у себя? А где же она теперь?

.....

– О Боже! Дайте адрес!

.....

– Парк-лейн, дом три? Три? Спасибо.

Стукнула трубка. Торопливые шаги. Хлопнула дверь. Тишина. В самом деле ушел?

С бесконечными предосторожностями приоткрыла она дверь на полсантиметра; глянула в щелочку – там пусто; осмелев, открыла дверь пошире и выставила голову; вышла наконец на цыпочках из ванной; с колотящимся сердцем постояла несколько секунд, прислушиваясь; бросилась к наружной двери, открыла, выскользнула, затворила, кинулась бегом. Только в лифте, уносящем ее вниз, почувствовала она себя в безопасности.

Глава четырнадцатая

Умиральница на Парк-лейн представляла собой дом-башню, облицованный лимонного цвета плиткой. Когда Дикарь выходил из вертакси, с крыши взлетела вереница ярко раскрашенных воздушных катафалков и понеслась над парком на запад, к Слаускому крематорию. Восседающая у входа в лифт вахтерша дала ему нужные сведения, и он спустился на восемнадцатый этаж, где лежала Линда в палате 81 (одной из палат скоротечного угасания, как пояснила вахтерша).

В большой этой палате, яркой от солнца и от желтой краски, стояло двадцать кроватей, все занятые. Линда умирала отнюдь не в одиночестве и со всеми современными удобствами. В воздухе не умолкая звучали веселые синтетические мелодии. У каждой скоротечницы в ногах постели помещался телевизор, непрерывно, с утра до ночи, включенный. Каждые четверть часа аромат, преобладавший в запаховой гамме, автоматически сменялся новым.

– Мы стремимся, – любезно стала объяснять медсестра, которая встретила Дикаря на пороге палаты, – мы стремимся создать здесь вполне приятную атмосферу – нечто среднее, так сказать, между первоклассным отелем и ощущальным кинодворцом.

– Где она? – перебил Дикарь, не слушая

– Вы, я вижу, торопитесь, – обиженно заметила сестра.

– Неужели нет надежды? – спросил он.

– Вы хотите сказать – надежды на выздоровление? (Он кивнул.) Разумеется, нет ни малейшей. Когда уж направляют к нам, то... – На бледном лице Дикаря выразилось такое горе, что она остановилась, изумленная. – Но что с вами? – спросила сестра.

Она не привыкла к подобным эмоциям у посетителей. (Да и посетителей такого рода бывало здесь немного; да и зачем бы им сюда являться?) Вам что, нездоровится?

Он мотнул головой.

– Она моя мать, – произнес он чуть слышно.

Сестра вздрогнула, глянула на него с ужасом и тут же потупилась. Лицо ее и шея запылали.

– Проведите меня к ней, – попросил Дикарь, усиливаясь говорить спокойно.

Вся еще красная от стыда, она пошла с ним вдоль длинного ряда кроватей. К Дикарю поворачивались лица – свежие, без морщин (умирание шло так быстро, что не успевало коснуться щек – гасило лишь мозг и сердце). Дикаря провожали тупые, безразличные глаза впавших в младенчество людей. Его от этих взглядов пробирала дрожь.

Кровать Линды была крайняя в ряду, стояла у стены. Лежа высоко на подушках, Линда смотрела полуфинал южноамериканского чемпионата по теннису на римановых поверхностях. Фигурки игроков беззвучно метались по освещенному квадрату телеэкрана, как рыбы за стеклом аквариума, – немые, но мятущиеся обитатели другого мира.

Линда глядела с зыбкой, бессмысленной улыбкой. На ее туск лом, оплывшем лице было выражение идиотического счастья. Веки то и дело смыкались, она слегка задремывала. Затем, чуть вздрогнув, просыпалась – опять в глазах ее мелькали, рыбками носились теннисные чемпионы; в ушах пело «Крепче жми меня, мой кролик», исполняемое электронным синтезатором «Супер-Вокс-Вурлицериана»; из вентилятора над головой шел теплый аромат вербены – и все эти образы, звуки и запахи, радужно преображенные сомой, сплетались в один чудный сон, и Линда снова улыбалась своей щербатой, блеклой, младенчески-счастливой улыбкой.

– Я вас покину, – сказала сестра. – Сейчас придет моя группа детей. И надо следить за пациенткой номер три. – Она кивнула на кровать ближе к дверям. – С минуты на минуту может кончиться. А вы садитесь, будьте как дома. – И ушла бодрой походкой.

Дикарь сел у постели.

— Линда, — прошептал он, взяв ее за руку.

Она повернулась на звук своего имени.

Мутный взгляд ее просветлел узнающе. Она улыбнулась, пошевелила губами; затем вдруг уронила голову на грудь. Уснула. Он вглядывался, проницая взором усталую дряблую оболочку — видя мысленно молодое, светлое лицо, склонявшееся над его детством; закрыв глаза, вспоминал ее голос, ее движения, всю их жизнь в Мальпаисе. «Баю-баю, тили-тили, скоро детке из бутыли...» Как она красиво ему пела! Как волшебно-странны и таинственны были они, детские эти стишки!

А, бе, це, витамин Д —
Жир в тресковой печени, а треска в воде.

В памяти оживал поющий голос Линды, и к глазам подступали горячие слезы. А уроки чтения: «Кот не спит. Мне тут рай»; а «Практическое руководство для бета-лаборантов Эмбрионария». А ее рассказы в долгие вечера у очага или, в летнюю пору, на кровле домишка — о Заоградном мире, о дивном, прекрасном Том мире, память о котором, словно память о небесном рае добра и красоты, до сих пор жива в нем невредимо, не оскверненная и встречей с реальным Лондоном, с этими реальными цивилизованными людьми.

За спиной у него внезапно раздались звонкие голоса, и он открыл глаза, поспешно смахнул слезы, оглянулся. В палату лился, казалось, нескончаемый поток, состоящий из восьмилетних близнецов мужского пола. Близнец за близнецом, близнец за близнецом, близнец за близнецом — как в кошмарном сне. Их личики (вернее, бесконечно повторяющееся лицо, одно на всех) таращились белесыми выпуклыми глазками, ноздрястые носишки были как у курносых мопсов. На всех форма цвета хаки. Рты у всех раскрыты. Перекрикиваясь, тараторя, ворвались они в палату — и закишели повсюду. Они копошились в проходах, карабкались через кровати, пролезали под кроватями, засматривали в телевизоры, строили рожи пациенткам.

Линда их удивила и встревожила. Кучка их собралась у ее постели, пялясь с испуганным и тупым любопытством зверят, столкнувшихся нос к носу с неведомым.

— Глянь-ка, глянь! — переговаривались они тихо. — Что с ней такое? Почему она жирнющая такая?

Им не приходилось видеть ничего подобного — у всех и всегда ведь лицо молодое, кожа тугая, тело стройное, спина прямая. У всех лежащих здесь шестидесятилетних скоротечниц внешность девочек. Сравнительно с ними Линда в свои сорок четыре года — обрюзглое, дряхлое чудище.

— Какая страховидная, — шептались дети. — Ты на ее зубы глянь!

Неожиданно из-под кровати, между стулом Джона и стеной, вынырнул курносый карапуз и уставился на спящее лицо Линды.

— Ну и... — начал он, но завизжал, не кончив. Ибо Дикарь поднял его за шиворот, пронес над стулом и отогнал подзатыльником. На визг прибежала старшая медсестра.

— Как вы смеете трогать ребенка! — накинулась она на Дикаря. — Я не позволю вам бить детей.

— А вы зачем пускаете их к кровати? — Голос Дикаря дрожал от возмущения. — И вообще зачем тут эти чертенята? Это просто безобразие!

— Как безобразие? Вы что? Им же здесь прививают смертонавыки. Имейте в виду, — сказала она зло, — если вы и дальше будете мешать их смертовоспитанию, я пошлю за санитарами и вас выставят отсюда.

Дикарь встал и шагнул к старшей сестре. На двигался он и глядел так грозно, что та отшатнулась в испуге. С превеликим усилием он сдержал себя, молча повернулся, сел опять у постели.

Несколько ободрясь, но еще нервозно, неуверенно сестра сказала:

— Я вас предупредила. Так что имейте в виду.

Но все же она увела чересчур любознательных близнецов в дальний конец палаты — там другая медсестра организовала уже круговую сидячую игру в «поймай молнию».

— Беги, милая, подкрепись чашечкой кофеинораствора, — велела ей старшая сестра. Велела — и от этого вернулись к старшей уверенность и бодрый настрой. — Ну-ка, детки! — повела она игру.

А Линда, пошевелившись неспокойно, открыла глаза, огляделась зыбким взглядом — и опять забылась сном. Сидя рядом, Дикарь старался снова умилить душу воспоминаниями. «А, бе, це, витамин Д», — повторял он про себя, точно магическое заклинание. Но волшба не помогала. Милые воспоминания отказывались оживать; воскресало в памяти лишь ненавистное, мерзкое, горестное. Попе с пораненным и кровоточащим плечом; Линда в безобразно-пьяном сне, и мухи жужжат над мескалем, расплесканным на полу у постели; мальчишки, орущие ей вслед позорные слова... Ох, нет, нет! Он зажмурился, замотал головой, гоня от себя эти образы. «А, бе, це, витамин Д...» Он силился представить, как, посадив на колени к себе, обняв, она поет ему, баюкает, укачивает: «А, бе, це, витамин Д, витамин Д, витамин Д...»

Волна суперэлектронной музыки поднялась к томящему крещендо; и в системе запахоснабжения вербена разом сменилась густой струей пачулей. Линда заворочалась, проснулась, уставилась непонимающе на полуфиналистов в телевизоре, затем, подняв голову, вдохнула обновленный аромат и — улыбнулась ребячески-блаженно.

— Попе! — пробормотала она и закрыла глаза. — О, как мне хорошо, как... — Со вздохом она опустилась на подушку.

— Но, Линда! — произнес Джон. — Неужели ты не узнаешь меня? — Так мучительно он гонит от себя былую мерзость; почему же у Линды опять Попе на уме и на языке? Чуть не до боли сжал Дикарь ее вялую руку, как бы желая силой пробудить Линду от этих постыдных утех, от низменных и ненавистных образов прошлого — вернуть Линду в настоящее, в действительность; в страшную действительность, в ужасную — но возвышенную, значимую, донельзя важную именно из-за неотвратимости и близости того, что наполняет эту действительность ужасом. — Неужели не узнаешь меня, Линда?

Он ощутил слабое ответное пожатие руки. Глаза его наполнились слезами. Он наклонился, поцеловал Линду.

Губы ее шевельнулись.

— Попе! — прошептала она, и точно ведром помоев окатили Джона.

Гнев вскипел в нем. Яростное горе, которому вот уже дважды помешали излиться слезами, обратилось в горестную ярость.

— Но я же Джон! Я Джон! — И в страдании, в неистовстве своем он схватил ее за плечо и потряс.

Веки Линды дрогнули и раскрылись; она увидела его, узнала — «Джон!» — но перенесла это лицо, эти реальные, больно трясущие руки в воображаемый, внутренний свой мир дивно претворенной супермузыки и пачулей, расцвеченных воспоминаний, причудливо смещенных восприятий. Это Джон, ее сын, но ей вообразилось, что он вторгся в райский Мальпаис, где она наслаждалась сомотдыхом с Попе. Джон сердится, потому что она любит Попе; Джон трясет ее, потому что Попе с ней рядом в постели — и разве в этом что-то нехорошее, разве не все цивилизованные люди так любятся?

— Каждый принадлежит вс...

Голос ее вдруг перешел в еле слышное, задыхающееся хрипение; рот раскрылся, отчаянно хватая воздух, — но легкие словно разучились дышать. Она тужилась крикнуть — и не могла издать ни звука; лишь выпученные глаза вопили о лютой муке. Она подняла руки к горлу, скрюченными пальцами ловя воздух – воздух, который не могла уже поймать, которым кончила уже дышать.

Дикарь вскочил, нагнулся ближе.

– Что с тобой, Линда? Что с тобой? – В голосе его была мольба; он словно хотел, чтобы его разуверили, успокоили.

Во взгляде Линды он прочел невыразимый ужас – и, как показалось ему, упрек. Она приподнялась, упала опять в подушки. Лицо все искажено, губы – синие.

Дикарь кинулся за помощью.

– Скорей, скорей! – кричал он. – Скорее же!

Стоявшая в центре игрового круга старшая сестра обернулась к Дикарю. На лице ее мелькнуло удивление и тут же уступило место осуждению.

– Не кричите! Подумайте о детях, – сказала она хмурясь. – Вы можете расстроить... Да что это вы делаете? (Он ворвался в круг.) Осторожней! (Задетый им ребенок запищал.)

– Скорее, скорее! – Дикарь схватил ее за рукав, потащил за собой. – Скорей! Произошло несчастье. Я убил ее.

К тому времени, как он вернулся к материной постели, Линда была уже мертва.

Дикарь застыл в оцепенелом молчании, затем упал у изголовья на колени и, закрыв лицо руками, разрыдался.

В нерешимости сестра стояла, глядя то на коленопреклоненного (постыднейшая невоспитанность!), то на близнецов (бедняжки дети!), которые, прекратив игру, пялились с того конца палаты – таращились и глазами и ноздрями на скандальное зрелище. Заговорить ей с ним? Попытаться его урезонить? Чтобы он вспомнил, где находится, осознал, какой роковой вред наносит бедным малюткам, как расстраивает все их здоровые смертонавыки этим своим отвратительным взрывом эмоций... Как будто смерть – что-то ужасное, как будто из-за какой-то одной человеческой особи нужно рыдать! У детей могут возникнуть самые пагубные представления о смерти, могут укорениться совершенно неверные, крайне антиобщественные рефлексы и реакции.

Подойдя вплотную к Дикарю, она тронула его за плечо.

– Нельзя ли вести себя прилично? – негромко, но сердито сказала она. Но тут, оглянувшись, увидела, что игровой круг распадается, что полдесятка близнецов уже поднялось на ноги и направляется к Дикарю. Еще минута, и... Нет, этим рисковать нельзя: смертовоспитание всей группы может быть отброшено назад на шесть-семь месяцев. Она поспешила к своим питомцам, оказавшимся под такой угрозой.

– А кому дать шоколадное пирожное? – спросила она громко и задорно.

– Мне! – хором заорала вся группа Бокановского. И тут же кровать № 20 была позабыта.

«О Боже, Боже, Боже...» – твердил мысленно Дикарь. В сумятице горя и раскаяния, наполнявшей его мозг, одно лишь четкое осталось это слово.

– Боже! – прошептал он. – Боже...

– Что это он бормочет? – звонко раздался рядом голосок среди трелей супермузыки.

Сильно вздрогнув, Дикарь отнял руки от лица, обернулся. Пятеро одетых в хаки близнецов – в правой руке у всех недоеденное пирожное, и одинаковые лица по-разному измазаны шоколадным кремом – стояли рядком и таращились на него, как мопсы.

Он повернулся к ним – они дружно и весело оскалили зубки. Один ткнул на Линду остатком пирожного.

– Умерла уже? – спросил он.

Дикарь молча поглядел на них. Молча встал, молча и медленно пошел к дверям.

– Умерла уже? – повторил любознательный близнец, семеня у Дикаря под локтем.

Дикарь покосился на него и по-прежнему молча оттолкнул прочь. Близнец упал на пол и моментально заревел. Дикарь даже не оглянулся.

101

Глава пятнадцатая

Низший обслуживающий персонал Парклейнской умиральницы состоял из двух групп Бокановского, а именно из восьмидесяти четырех светло-рыжих дельтовичек и семидесяти восьми чернявых длинноголовых дельтовиков. В шесть часов, когда заканчивался их рабочий день, обе эти близнецовые группы собирались в вестибюле Умиральницы, и помощник подказначея выдавал им дневную порцию сомы.

Выйдя из лифта, Дикарь очутился в их гуще. Но мыслями его по-прежнему владели смерть, скорбь, раскаяние; рассеянно и машинально он стал проталкиваться сквозь толпу.

— Чего толкается? Куда он прется?

Из множества ртов (с двух уровней — повыше и пониже) звучали всего лишь два голоса — тоненький и грубый. Бесконечно повторяясь, точно в коридоре зеркал, два лица — гладкощекий, веснушчатый лунный лик в оранжевом облачке волос и узкая, клювастая, со вчера не бритая физиономия — сердито поворачивались к нему со всех сторон. Ворчание, писк, острые локти дельт, толкающие под ребра, заставили его очнуться. Он огляделся и с тошнотным чувством ужаса и отвращения увидел, что снова его окружает неотвязный бред, круглосуточный кошмар роящейся, неразличимой одинаковости. Близнецы, близнецы... Червячками кишели они в палате Линды, оскверняя таинство ее смерти. И здесь опять кишат, но уже взрослыми червями — ползают по его горю и страданию. Он остановился, испуганными глазами окинул эту одетую в хаки толпу, над которой возвышался на целую голову. «Сколько вижу я красивых созданий! — всплыли в памяти, дразня и насмехаясь, поющие слова. — Как прекрасен род людской! О дивный новый мир...»

— Начинаем раздачу сомы! — объявил громкий голос. — Прошу в порядке очереди. Без задержек.

В боковую дверь уже внесли столик и стул. Объявивший о раздаче бойкий молодой альфовик принес с собой черный железный сейфик. Толпа встретила раздатчика негромким и довольным гулом. О Дикаре уже забыли. Внимание сосредоточилось на черном ящике, поставленном на стол. Альфовик отпер его. Поднял крышку.

— О-о! — выдохнули разом все сто шестьдесят две дельты, точно перед ними вспыхнул фейерверк.

Раздатчик вынул горсть коробочек.

— Ну-ка, — сказал он повелительно, — прошу подходить. По одному, без толкотни.

По одному и без толкотни близнецы стали подходить. Двое чернявых, рыжая, еще чернявый, за ним три рыжие, за ними...

Дикарь все глядел. «О дивный мир! О дивный новый мир...» Поющие слова зазвучали уже по-иному. Уже не насмешкой над ним, горюющим и кающимся, не злорадной и наглой издевкой. Не дьявольским смехом, усугубляющим гнусное убожество, тошное уродство кошмара. Теперь они вдруг зазвучали трубным призывом к обновлению, к борьбе. «О дивный новый мир!» Миранда возвещает, что мир красоты возможен, что даже этот кошмар можно преобразить в нечто прекрасное и высокое. «О дивный новый мир!» Это призыв, приказ.

— Кончайте толкотню! — гаркнул альфовик. Захлопнул крышку ящика. — Я прекращу раздачу, если не восстановится порядок.

Дельты поворчали, потолкались и успокоились. Угроза подействовала. Остаться без сомы — какой ужас!

— Вот так-то, — сказал альфовик и опять открыл ящик.

Линда жила и умерла рабыней; остальные должны жить свободными, мир нужно сделать прекрасным. В этом его долг, его покаяние. И внезапно Дикаря озарило, что именно надо сделать, — точно ставни распахнулись, занавес отдернулся.

— Следующий, — сказал раздатчик.

Очередная дельтовичка подошла к столу.

— Остановитесь! — воскликнул Дикарь громогласно. — Остановитесь!

Он протиснулся к столу; дельты глядели на него удивленно.

— Господи Форде! — пробормотал раздатчик. — Это Дикарь. — Раздатчику стало страшновато.

— Внемлите мне, прошу вас, — произнес горячо Дикарь. — Приклоните слух... — Ему никогда прежде не случалось говорить публично, и очень трудно было с непривычки найти нужные слова. — Не троньте эту мерзость. Это яд, это отрава.

— Послушайте, мистер Дикарь, — сказал раздатчик, улыбаясь льстиво и успокоительно. — Вы мне позволите...

— Отрава и для тела, и для души.

— Да, но позвольте мне, пожалуйста, продолжить мою работу. Будьте умницей. — Осторожным, мягким движением человека, имеющего дело с заведомо злобным зверем, он погладил Дикаря по руке. — Позвольте мне только...

— Ни за что! — крикнул Дикарь.

— Но поймите, дружище...

— Не раздавайте, а выкиньте вон всю эту мерзкую отраву.

Слова «выкиньте вон» пробили толщу непонимания, дошли до мозга дельт. Толпа сердито загудела.

— Я пришел дать вам свободу, — воскликнул Дикарь, поворачиваясь опять к дельтам. — Я пришел...

Дальше раздатчик уже не слушал; выскользнув из вестибюля в боковую комнату, он спешно залистал там телефонную книгу.

— Итак, дома его нет. И у меня его нет, и у тебя нет, — недоумевал Бернард. — И в «Афродитеуме», и в Центре, и в институте его нет. Куда ж он мог деваться?

Гельмгольц пожал плечами. Они ожидали, придя с работы, застать Дикаря в одном из обычных мест встречи, но тот как в воду канул. Досадно — они ведь собрались слетать сейчас в Биарриц на четырехместном спортолете Гельмгольца. Так и к обеду можно опоздать.

— Подождем еще пять минут, — сказал Гельмгольц. — И если не явится, то...

Зазвонил телефон. Гельмгольц взял трубку.

— Алло. Я вас слушаю. — Длинная пауза и затем: — Форд побери! — выругался Гельмгольц. — Буду сейчас же.

— Что там такое? — спросил Бернард.

— Это знакомый — из Парклейнской умиральницы. Там у них Дикарь буйствует. Видимо, помешался. Времени терять нельзя. Летишь со мной?

И они побежали к лифту.

— Неужели вам любо быть рабами? — услышали они голос Дикаря, войдя в вестибюль Умиральницы. Дикарь раскраснелся, глаза горели страстью и негодованием. — Любо быть младенцами? Вы — сосунки, могущие лишь вякать и мараться, — бросил он дельтам в лицо, выведенный из себя животной тупостью тех, кого пришел освободить. Но оскорбления отскакивали от толстого панциря; в непонимающих взглядах была лишь тупая и хмурая неприязнь.

— Да, сосунки! — еще громче крикнул он. Скорбь и раскаяние, сострадание и долг — теперь все было позабыто, все поглотила густая волна ненависти к этим недочеловекам. — Неужели не хотите быть свободными, быть людьми? Или вы даже не понимаете, что такое свобода и что значит быть людьми? — Гнев придал ему красноречия; слова лились легко. — Не понимаете? — повторил он и опять не получил ответа. — Что ж, хорошо, — произнес он сурово. —

Я научу вас; освобожу вас наперекор вам самим. – И, растворив толчком окно, выходящее во внутренний двор, он стал горстями швырять туда коробочки с таблетками сомы.

При виде такого святотатства одетая в хаки толпа окаменела от изумления и ужаса.

– Он сошел с ума, – прошептал Бернард, широко раскрыв глаза. – Они убьют его. Они...
Толпа взревела, грозно качнулась, двинулась на Дикаря.

– Спаси его Форд, – сказал Бернард, отворачиваясь.

– На Форда надейся, а сам не плошай! – И со смехом (да! с ликующим смехом) Гельмгольц кинулся на подмогу сквозь толпу.

– Свобода, свобода! – восклицал Дикарь, правой рукой вышвыривая сому, а левой, сжатой в кулак, нанося удары по лицам, не отличимым одно от другого. – Свобода! (И внезапно рядом с ним оказался Гельмгольц.) Молодчина Гельмгольц! (И тоже стал отбивать атакующих.) Теперь вы люди наконец! (И тоже стал швырять горстями отраву в распахнутое окно.) Да, люди, люди! – И вот уже выкинута вся сома. Дикарь схватил ящик, показал дельтам черную его пустоту. – Вы свободны!

С ревом, с удвоенной яростью толпа хлынула опять на обидчиков.

– Они пропали, – вырвалось у Бернарда, в замешательстве стоявшего в стороне от схватки. И, охваченный внезапным порывом, он бросился было на помощь друзьям; остановился, колеблясь, устыженно шагнул вперед, снова замялся и так стоял в муке стыда и боязни – без него ведь их убьют, а если присоединится, самого его убить могут, – но тут (благодарение Форду!) в вестибюль вбежали полицейские в очкастых свинорылых противогазных масках.

Бернард метнулся им навстречу. Замахал руками – теперь и он участвовал, делал что-то! Закричал:

– Спасите! Спасите! – все громче и громче, точно этим криком и сам спасал. – Спасите! Спасите!

Оттолкнув его, чтоб не мешал, полицейские принялись за дело. Трое, действуя заплечными распылителями, заполнили весь воздух клубами парообразной сомы. Двое завозились у переносного устройства синтетической музыки. Еще четверо – с водяными пистолетами в руках, заряженными мощным анестезирующим средством, – врезались в толпу и методически стали валить с ног самых ярых бойцов одного за другим.

– Быстрей, быстрей! – вопил Бернард. – Быстрей, а то их убьют. Упп... – Раздраженный его криками, один из полицейских пальнул в него из водяного пистолета. Секунду-две Бернард покачался на ногах, ставших ватными, желеобразными, жидкими, как вода, и мешком свалился на пол.

Из музыкального устройства раздался Голос. Голос Разума, Голос Добросердия. Зазвучал синтетический «Призыв к порядку» № 2 (средней интенсивности).

– Друзья мои, друзья мои! – воззвал Голос из самой глубины своего несуществующего сердца с таким бесконечно ласковым укором, что даже глаза полицейских за стеклами масок на миг замутились слезами. – Зачем вся эта сумятица? Зачем? Соединимся в счастье и добре. В счастье и добре, – повторил Голос. – В мире и покое. – Голос дрогнул, сникая до шепота, истаивая. – О, как хочу я, чтоб вы были счастливы, – зазвучал он опять с тоскующей сердечностью. – Как хочу я, чтоб вы были добры! Прошу вас, прошу вас, отдайтесь добру и...

В две минуты Голос при содействии паров сомы сделал свое дело. Дельты целовались в слезах и обнимались по пять-шесть близнецов сразу. Даже Гельмгольц и Дикарь чуть не плакали. Из хозяйственной части принесли упаковки сомы; спешно организовали новую раздачу, и под задушевные, сочно-баритональные напутствия Голоса дельты разошлись восвояси, растроганно рыдая.

– До свидания, милые-милые мои, храни вас Форд! До свидания, милые-милые мои, храни вас Форд! До свидания, милые-милые...

Когда ушли последние дельты, полицейский выключил устройство. Ангельский Голос умолк.

– Пойдете по-хорошему? – спросил сержант. – Или придется вас анестезировать? – Он с угрозой мотнул своим водяным пистолетом.

– Пойдем по-хорошему, – ответил Дикарь, утирая кровь с рассеченной губы, с исцарапанной шеи, с укушенной левой руки. Прижимая к разбитому носу платок, Гельмгольц кивнул подтверждающе.

Очнувшись, почувствовав под собой ноги, Бернард понезаметней направился в этот момент к выходу.

– Эй, вы там! – окликнул его сержант, и свинорылый полисмен пустился следом, положил руку Бернарду на плечо.

Бернард обернулся с невинно-обиженным видом. Что вы! У него и в мыслях не было убегать.

– Хотя для чего я вам нужен, – сказал он сержанту, – понятия не имею.

– Вы ведь приятель задержанных?

– Видите ли... – начал Бернард и замялся. Нет, отрицать невозможно. – А что в этом такого? – спросил он.

– Пройдемте, – сказал сержант и повел их к ожидающей у входа полицейской машине.

Глава шестнадцатая

Всех троих пригласили войти в кабинет Главноуправителя.

– Его фордейшество спустится через минуту. – И дворецкий в гамма-ливрее удалился.

– Нас будто не на суд привели, а на кофеинопитие, – сказал со смехом Гельмгольц, погружаясь в самое роскошное из пневматических кресел. – Не вешай носа, Бернард, – прибавил он, взглянув на друга, зеленовато-бледного от тревоги. Но Бернард не поднял головы; не отвечая, даже не глядя на Гельмгольца, он присел на самом жестком стуле – в смутной надежде как-то отвратить этим гнев Власти.

А Дикарь неприкаянно бродил вдоль стен кабинета, скользя рассеянным взглядом по корешкам книг на полках, по нумерованным ячейкам с роликами звукозаписи и бобинами для читальных машин. На столе под окном лежал массивный том, переплетенный в мягкую черную искусственную кожу, на которой были вытиснены большие золотые знаки Т. Дикарь взял том в руки, раскрыл. «Моя жизнь и работа», писание Господа нашего Форда. Издано в Детройте Обществом фордианских знаний. Полистав страницы, прочтя тут фразу, там абзац, он сделал вывод, что книга неинтересная, – и в это время отворилась дверь, и энергичным шагом вошел Постоянный Главноуправитель Западной Европы.

Пожав руки всем троим, Мустафа Монд обратился к Дикарю:

– Итак, вам не очень-то нравится цивилизация, мистер Дикарь.

Дикарь взглянул на Главноуправителя. Он приготовился лгать, шуметь, молчать угрюмо; но лицо Монда светилось беззлобным умом, и ободренный Дикарь решил говорить правду напрямик.

– Да, не нравится.

Бернард вздрогнул, на лице его выразился страх. Что подумает Главноуправитель? Числиться в друзьях человека, который говорит, что ему не нравится цивилизация, говорит открыто, и кому? Самому Главноуправителю! Это ужасно.

– Ну что ты, Джон... – начал Бернард. Взгляд Мустафы заставил его съежиться и замолчать.

– Конечно, – продолжал Дикарь, – есть у вас хорошее. Например, музыка, которой полон воздух...

– «Порой тысячеструнное бренчанье кругом, и голоса порой звучат»!

Дикарь вспыхнул от удовольствия:

– Значит, и вы его читали? Я уж думал, тут, в Англии, никто Шекспира не знает.

– Почти никто. Я один из очень немногих, с ним знакомых. Шекспир, видите ли, запрещен. Но поскольку законы устанавливаю я, то я могу и нарушать их. Причем безнаказанно, – прибавил он, поворачиваясь к Бернарду. – Чего, увы, о вас не скажешь.

Бернард еще безнадежней и унылей поник головой.

– А почему запрещен? – спросил Дикарь. Он так обрадовался человеку, читавшему Шекспира, что на время забыл обо всем прочем.

Главноуправитель пожал плечами.

– Потому что он – старье; вот главная причина. Старье нам не нужно.

– Но старое ведь бывает прекрасно.

– Тем более. Красота притягательна, и мы не хотим, чтобы людей притягивало старье. Надо, чтобы им нравилось новое.

– Но ваше новое так глупо, так противно. Эти фильмы, где все только летают вертопланы и ощущаешь, как целуются. – Он сморщился брезгливо. – Мартышки и козлы! – Лишь словами Отелло мог он с достаточной силой выразить свое презрение и отвращение.

— А ведь звери это славные, нехищные, — как бы в скобках, вполголоса заметил Главноуправитель.

— Почему вы не покажете людям «Отелло» вместо этой гадости?

— Я уже сказал — старья мы не даем им. К тому же они бы не поняли «Отелло».

Да, это верно. Дикарь вспомнил, как насмешила Гельмгольца Джульетта.

— Что ж, — сказал он после паузы, — тогда дайте им что-нибудь новое в духе «Отелло», понятное для них.

— Вот именно такое нам хотелось бы писать, — вступил наконец Гельмгольц в разговор.

— И такого вам написать не дано, — возразил Монд. — Поскольку если оно и впрямь будет в духе «Отелло», то никто его не поймет, в какие новые одежды ни рядите. А если будет ново, то уж никак не сможет быть в духе «Отелло».

— Но почему не сможет?

— Да, почему? — подхватил Гельмгольц. Он тоже отвлекся на время от неприятной действительности. Не забыл о ней лишь Бернард, совсем позеленевший от злых предчувствий; но на него не обращали внимания. — Почему?

— Потому что мир наш — уже не мир «Отелло». Как для «фордов» необходима сталь, так для трагедий необходима социальная нестабильность. Теперь же мир стабилен, устойчив. Люди счастливы; они получают все то, чего хотят, и не способны хотеть того, чего получить не могут. Они живут в достатке, в безопасности; не знают болезней; не боятся смерти; блаженно не ведают страсти и старости; им не отравляют жизнь отцы с матерями; нет у них ни жен, ни детей, ни любовей — и, стало быть, нет треволнений; они так сформованы, что практически не могут выйти из рамок положенного. Если же и случаются сбои, то к нашим услугам сома. А вы ее выкидываете в окошко, мистер Дикарь, во имя свободы. Свободы! — Мустафа рассмеялся. — Вы думали, дельты понимают, что такое свобода! А теперь надеетесь, что они поймут «Отелло»! Милый вы мой мальчик!

Дикарь замолчал. Затем сказал упрямо:

— Все равно «Отелло» — хорошая вещь, «Отелло» лучше ощущальных фильмов.

— Разумеется, лучше, — согласился Главноуправитель. — Но эту цену нам приходится платить за стабильность. Пришлось выбирать между счастьем и тем, что называли когда-то высоким искусством. Мы пожертвовали высоким искусством. Взамен него у нас ощущалка и запаховый орга́н.

— Но в них нет и тени смысла.

— Зато в них масса приятных ощущений для публики.

— Но ведь это… «это бредовой рассказ кретина».

— Вы обижаете вашего друга, мистера Уотсона, — засмеявшись, сказал Мустафа. — Одного из самых выдающихся специалистов по инженерии чувств…

— Однако он прав, — сказал Гельмгольц хмуро. — Действительно, кретинизм. Пишем, а сказать-то нечего…

— Согласен, нечего. Но это требует колоссальной изобретательности. Вы делаете вещь из минимальнейшего количества стали — создаете художественные произведения почти что из одних голых ощущений.

Дикарь покачал головой:

— Мне все это кажется просто гадким.

— Ну разумеется. В натуральном виде счастье всегда выглядит убого рядом с цветистыми прикрасами несчастья. И разумеется, стабильность куда менее колоритна, чем нестабильность. А удовлетворенность совершенно лишена романтики сражений со злым роком, нет здесь красочной борьбы с соблазном, нет ореола гибельных сомнений и страстей. Счастье лишено грандиозных эффектов.

— Пусть так, — сказал Дикарь, помолчав. — Но неужели нельзя без этого ужаса — без близнецов? — Он провел рукой по глазам, как бы желая стереть из памяти эти ряды одинаковых карликов у сборочного конвейера, эти близнецовые толпы, растянувшиеся очередью у входа в Брентфордский моновокзал, эти человечьи личинки, кишащие у смертного одра Линды, эту атакующую его одноликую орду. Он взглянул на свою забинтованную руку и поежился. — Жуть какая!

— Зато польза какая! Вам, я вижу, не по вкусу наши группы Бокановского; но, уверяю вас, они — фундамент, на котором строится все остальное. Они — стабилизирующий гироскоп, который позволяет ракетоплану государства стремить свой полет, не сбиваясь с курса. — Главноуправительский бас волнительно вибрировал; жесты рук изображали ширь пространства и неудержимый лет ракетоплана; ораторское мастерство Мустафы Монда достигало почти уровня синтетических стандартов.

— А разве нельзя обойтись вовсе без них? — упорствовал Дикарь. — Ведь вы можете получать что угодно в ваших бутылях. Раз уж на то пошло, почему бы не выращивать всех плюс-плюс-альфами?

— Ну нет, нам еще жить не надоело, — отвечал Монд со смехом. — Наш девиз — счастье и стабильность. Общество же, целиком состоящее из альф, обязательно будет нестабильно и несчастливо. Вообразите вы себе завод, укомплектованный альфами, то есть индивидуумами разными и розными, обладающими хорошей наследственностью и по формовке своей способными — в определенных пределах — к свободному выбору и ответственным решениям. Вы только вообразите.

Дикарь попробовал вообразить, но без особого успеха.

— Это же абсурд. Человек, сформованный, воспитанный как альфа, сойдет с ума, если его поставить на работу эпсилон-полукретина, сойдет с ума или примется крушить и рушить все вокруг. Альфы могут быть вполне добротными членами общества, но при том лишь условии, что будут выполнять работу альф. Только от эпсилона можно требовать жертв, связанных с работой эпсилона, — по той простой причине, что для него это не жертвы, а линия наименьшего сопротивления, привычная жизненная колея, по которой он движется. По которой двигаться обречен всем своим формированием и воспитанием. Даже после раскупорки он продолжает жить в бутыли — в невидимой бутыли рефлексов, привитых эмбриону и ребенку. Конечно, и каждый из нас, — продолжал задумчиво Главноуправитель, — проводит жизнь свою в бутыли. Но если нам выпало быть альфами, то бутыли наши огромного размера сравнительно с бутылями низших каст. В бутылях поменьше объемом мы страдали бы мучительно. Нельзя разливать альфа-винозаменитель в эпсилон-мехи. Это ясно уже теоретически. Да и практикой доказано. Кипрский эксперимент дал убедительные результаты.

— А что это был за эксперимент? — спросил Дикарь.

— Можете назвать его экспериментом по винорозливу, — улыбнулся Мустафа Монд. — Начат он был в 473 году Эры Форда. По распоряжению Главноуправителей Мира остров Кипр был очищен от всех его тогдашних обитателей и заново заселен специально выращенной партией альф численностью в двадцать две тысячи. Им дана была вся необходимая сельскохозяйственная и промышленная техника и предоставлено самим вершить свои дела. Результат в точности совпал с теоретическими предсказаниями. Землю не обрабатывали как положено; на всех заводах бастовали; законы в грош не ставили, приказам не повиновались; все альфы, назначенные на определенный срок выполнять черные работы, интриговали и ловчили как могли, чтобы перевестись на должность почище, а все, кто сидел на чистой работе, вели встречные интриги, чтобы любым способом удержать ее за собой. Не прошло и шести лет, как разгорелась самая настоящая гражданская война. Когда из двадцати двух тысяч девятнадцать оказались перебиты, уцелевшие альфы обратились к Главноуправителям с единодушной просьбой снова взять в свои руки правление. Просьба была удовлетворена. Так пришел конец единственному в мировой истории обществу альф.

Дикарь тяжко вздохнул.

— Оптимальный состав народонаселения, — говорил далее Мустафа, — смоделирован нами с айсберга, у которого восемь девятых массы под водой, одна девятая над водой.

— А счастливы ли те, что под водой?

— Счастливее тех, что над водой. Счастливее, к примеру, ваших друзей, — кивнул Монд на Гельмгольца и Бернарда.

— Несмотря на свой отвратный труд?

— Отвратный? Им он вовсе не кажется таковым. Напротив, он приятен им. Он не тяжел, детски прост. Не перегружает ни головы, ни мышц. Семь с половиной часов умеренного, неизнурительного труда, а затем сома в таблетках, игры, беззапретное совокупление и ощущалки. Чего еще желать им? — вопросил Мустафа. — Ну правда, они могли бы желать сокращения рабочих часов. И разумеется, можно бы и сократить. В техническом аспекте проще простого было бы свести рабочий день для низших каст к трем-четырем часам. Но от этого стали бы они хоть сколько-нибудь счастливей? Отнюдь нет. Эксперимент с рабочими часами был проведен еще полтора с лишним века назад. Во всей Ирландии ввели четырехчасовой рабочий день. И что ж это дало в итоге? Непорядки и сильно возросшее потребление сомы — и больше ничего. Три с половиной лишних часа досуга не только не стали источником счастья, но даже пришлось людям глушить эту праздность сомой. Наше Бюро изобретений забито предложениями по экономии труда. Тысячами предложений! — Монд широко взмахнул рукой. — Почему же мы не проводим их в жизнь? Да для блага самих же рабочих; было бы попросту жестоко обрушивать на них добавочный досуг. То же и в сельском хозяйстве. Вообще можно было бы индустриально синтезировать все пищевые продукты до последнего кусочка, пожелай мы только. Но мы не желаем. Мы предпочитаем держать треть населения занятой в сельском хозяйстве. Ради их же блага — именно потому, что сельскохозяйственный процесс получения продуктов берет больше времени, чем индустриальный. Кроме того, нам надо заботиться о стабильности. Мы не хотим перемен. Всякая перемена — угроза для стабильности. И это вторая причина, по которой мы так скупо вводим в жизнь новые изобретения. Всякое чисто научное открытие является потенциально разрушительным; даже и науку приходится иногда рассматривать как возможного врага. Да, и науку тоже.

Науку?.. Дикарь сдвинул брови. Слово это он знает. Но не знает его точного значения. Старики индейцы о науке не упоминали, Шекспир о ней молчит, а из рассказов Линды возникало лишь самое смутное понятие: наука позволяет строить вертопланы, наука поднимает на смех индейские пляски, наука оберегает от морщин и сохраняет зубы. Напрягая мозг, Дикарь старался вникнуть в слова Главноуправителя.

— Да, — продолжал Мустафа Монд. — И это также входит в плату за стабильность. Не одно лишь искусство несовместимо со счастьем, но и наука. Опасная вещь наука; приходится держать ее на крепкой цепи и в наморднике.

— Как так? — удивился Гельмгольц. — Но ведь мы же вечно трубим: «Наука превыше всего». Это же избитая гипнопедическая истина.

— Внедряемая трижды в неделю, с тринадцати до семнадцати лет, — вставил Бернард.

— А вспомнить всю нашу институтскую пропаганду науки…

— Да, но какой науки? — возразил Мустафа насмешливо. — Вас не готовили в естествоиспытатели, и судить вы не можете. А я был неплохим физиком в свое время. Слишком даже неплохим; я сумел осознать, что вся наша наука — нечто вроде поваренной книги, причем правоверную теорию варки никому не позволено брать под сомнение, и к перечню кулинарных рецептов нельзя ничего добавлять иначе как по особому разрешению главного повара. Теперь я сам — главный повар. Но когда-то я был пытливым поваренком. Пытался варить по-своему.

По неправоверному, недозволенному рецепту. Иначе говоря, попытался заниматься подлинной наукой. – Он замолчал.

– И чем же кончилось? – не удержался Гельмгольц от вопроса.

– Чуть ли не тем же, чем кончается у вас, молодые люди, – со вздохом ответил Главноуправитель. – Меня чуть было не сослали на остров.

Слова эти побудили Бернарда к действиям бурным и малопристойным.

– Меня сошлют на остров? – Он вскочил и подбежал к Главноуправителю, отчаянно жестикулируя. – Но за что же? Я ничего не сделал. Это все они. Клянусь, это они. – Он обвиняюще указал на Гельмгольца и Дикаря. – О, прошу вас, не отправляйте меня в Исландию. Я обещаю, что исправлюсь. Дайте мне только возможность. Прошу вас, дайте мне исправиться. – Из глаз его потекли слезы. – Ей-форду, это их вина, – зарыдал он. – О, только не в Исландию. О, пожалуйста, ваше фордейшество, пожалуйста... – И в припадке малодушия он бросился перед Мондом на колени. Тот пробовал поднять его, но Бернард продолжал валяться в ногах; молящие слова лились потоком. В конце концов Главноуправителю пришлось нажатием кнопки вызвать четвертого своего секретаря.

– Позовите трех служителей, – приказал Мустафа, – отведите его в спальную комнату. Дайте ему вдосталь подышать парами сомы, уложите в постель, и пусть проспится.

Четвертый секретарь вышел и вернулся с тремя близнецами-лакеями в зеленых ливреях. Кричащего, рыдающего Бернарда унесли.

– Можно подумать, его убивают, – сказал Главноуправитель, когда дверь за Бернардом закрылась. – Имей он хоть крупицу смысла, он бы понял, что наказание его является по существу наградой. Его ссылают на остров. То есть посылают туда, где он окажется в среде самых интересных мужчин и женщин на свете. Это все те, в ком почему-либо развилось самосознание до такой степени, что они стали непригодны к жизни в нашем обществе. Все те, кого не удовлетворяет правоверность, у кого есть свои, самостоятельные взгляды. Словом, все те, кто собой что-то представляет. Я почти завидую вам, мистер Уотсон.

Гельмгольц Уотсон рассмеялся.

– Тогда почему же вы сами не на острове? – спросил он.

– Потому что все-таки предпочел другое, – ответил Главноуправитель. – Мне предложили выбор – либо ссылка на остров, где я смог бы продолжать свои занятия чистой наукой, либо же служба при Совете Главноуправителей с перспективой занять впоследствии пост Главноуправителя. Я выбрал второе и простился с наукой. Временами я жалею об этом, – продолжал он, помолчав. – Счастье – хозяин суровый. Служить счастью, особенно счастью других, гораздо труднее, чем служить истине, – если ты не сформован так, чтобы служить слепо. – Он вздохнул, опять помолчал, затем заговорил уже бодрее: – Но долг есть долг. Он важней, чем собственные склонности. Меня влечет истина. Я люблю науку. Но истина грозна; наука опасна для общества. Столь же опасна, сколь была благотворна. Наука дала нам самое устойчивое равновесие во всей истории человечества. Китай по сравнению с нами был безнадежно неустойчив; даже первобытные матриархии были не стабильней нас. И это, повторяю, благодаря науке. Но мы не можем позволить, чтобы наука погубила свое же благое дело. Вот почему мы так строго ограничиваем размах научных исследований – вот почему я чуть не оказался на острове. Мы даем науке заниматься лишь самыми насущными, сиюминутными проблемами. Всем другим изысканиям неукоснительнейше ставятся препоны. А занятно бывает читать, – продолжал Мустафа после короткой паузы, – что писали во времена Господа нашего Форда о научном прогрессе. Тогда, видимо, воображали, что науке можно позволить развиваться бесконечно и невзирая ни на что. Знание считалось верховным благом, истина – высшей ценностью; все остальное – второстепенным, подчиненным. Правда, и в те времена взгляды начинали уже меняться. Сам Господь наш Форд сделал многое, чтобы перенести упор с истины и красоты на счастье и удобство. Такого сдвига требовали интересы массового производства. Всеобщее счастье способно безостановочно двигать машины; истина же и красота – не способны. Так что, разумеется, когда властью завладевали массы, верховной ценностью становилось всегда счастье, а не истина с красотой. Но несмотря на все это, научные исследования по-прежнему еще не ограничивались. Об истине и красоте продолжали толковать так, точно они оставались высшим благом. Это длилось вплоть до Девятилетней войны. Война-то заставила запеть по-другому. Какой смысл в истине, красоте или познании, когда кругом лопаются сибиреязвенные бомбы? После той войны и была впервые взята под контроль наука. Люди тогда готовы были даже свою жажду удовольствий обуздать. Все отдавали за тихую жизнь. С тех пор мы науку держим в шорах. Конечно, истина от этого страдает. Но счастье процветает. А даром ничто не дается. За счастье приходится платить. Вот вы и платите, мистер Уотсон, потому что слишком заинтересовались красотой. Я же слишком увлекся истиной и тоже поплатился.

– Но вы ведь не отправились на остров, – произнес молчаливо слушавший Дикарь.

Главноуправитель улыбнулся.

– В том и заключалась моя плата. В том, что я остался служить счастью. И не своему, а счастью других. Хорошо еще, – прибавил он после паузы, – что в мире столько островов. Не знаю, как бы мы обходились без них. Пришлось бы, вероятно, всех еретиков отправлять в умертвительную камеру. Кстати, мистер Уотсон, подойдет ли вам тропический климат? Например, Маркизские острова или Самоа? Или же дать вам атмосферу пожестче?

– Дайте мне климат крутой и скверный, – ответил Гельмгольц, вставая с кресла. – Я думаю, в суровом климате лучше будет писаться. Когда кругом ветра и штормы…

Монд одобрительно кивнул.

– Ваш подход мне нравится, мистер Уотсон. Весьма и весьма нравится – в такой же мере, в какой по долгу службы я обязан вас порицать. – Он снова улыбнулся. – Фолклендские острова вас устроят?

– Да, устроят, пожалуй, – ответил Гельмгольц. – А теперь, если позволите, я пойду к бедняге Бернарду, погляжу, как он там.

Глава семнадцатая

— Искусством пожертвовали, наукой – немалую вы цену заплатили за ваше счастье, – сказал Дикарь, когда они с Главноуправителем остались одни. – А может, еще чем пожертвовали?
— Ну, разумеется, религией, – ответил Мустафа. – Было некое понятие, именуемое Богом, – до Девятилетней войны. Но это понятие, я думаю, вам очень знакомо.
— Да... – начал Дикарь и замялся. Ему хотелось бы сказать про одиночество, про ночь, про плато месы в бледном лунном свете, про обрыв и прыжок в черную тень, про смерть. Хотелось, но слов не было. Даже у Шекспира слов таких нет.

Главноуправитель тем временем отошел в глубину кабинета, отпер большой сейф, встроенный в стену между стеллажами. Тяжелая дверца открылась.
— Тема эта всегда занимала меня чрезвычайно, – сказал Главноуправитель, роясь в темной внутренности сейфа. Вынул оттуда толстый черный том. – Ну вот, скажем, книга, которой вы не читали.

Дикарь взял протянутый том.
— «Библия, или Книги священного писания Ветхого и Нового Завета», – прочел он на титульном листе.
— И этой не читали. – Монд протянул потрепанную, без переплета книжицу.
— «Подражание Христу».
— И этой, – вынул Монд третью книгу.
— Уильям Джемс. «Многообразие религиозного опыта».
— У меня еще много таких, – продолжал Мустафа Монд, снова садясь. – Целая коллекция порнографических старинных книг. В сейфе Бог, а на полках Форд, – указал он с усмешкой на стеллажи с книгами, роликами, бобинами.
— Но если вы о Боге знаете, то почему же не говорите им? – горячо сказал Дикарь. – Почему не даете им этих книг?
— По той самой причине, по которой не даем «Отелло», – книги эти старые; они – о Боге, каким он представлялся столетия назад. Не о Боге нынешнем.
— Но ведь Бог не меняется.
— Зато люди меняются.
— А какая от этого разница?
— Громаднейшая, – сказал Мустафа Монд. Он встал, подошел опять к сейфу. – Жил когда-то человек – кардинал Ньюмен. Кардинал, – пояснил Монд в скобках, – это нечто вроде теперешнего архипеснослова.
— «Я, Пандульф, прекрасного Милана кардинал». Шекспир о кардиналах упоминает.
— Да, конечно. Так, значит, жил когда-то кардинал Ньюмен. Ага, вот и книга его. – Монд извлек ее из сейфа. – А кстати, выну и другую. Написанную человеком по имени Мен де Биран. Он был философ. Что такое философ, знаете?
— Мудрец, которому и не снилось, сколько всякого есть в небесах и на земле, – без промедления ответил Дикарь.
— Именно. Через минуту я вам прочту отрывок из того, что ему, однако, снилось. Но прежде послушаем старого архипеснослова. – И, раскрыв книгу на листе, заложенном бумажкой, он стал читать: «Мы не принадлежим себе, равно как не принадлежит нам то, что мы имеем. Мы себя не сотворили, мы главенствовать над собою не можем. Мы не хозяева себе. Бог нам хозяин. И разве такой взгляд на вещи не составляет счастье наше? Разве есть хоть кроха счастья или успокоения в том, чтобы полагать, будто мы принадлежим себе? Полагать так могут люди молодые и благополучные. Они могут думать, что очень это ценно и важно: делать все, как им кажется, по-своему – ни от кого не зависеть, – быть свободными от всякой

мысли о незримо сущем, от вечной и докучной подчиненности, вечной молитвы, от вечного соотнесения своих поступков с чьей-то волей. Но с возрастом и они в свой черед обнаружат, что независимость не для человека, что она для людей неестественна и годится разве лишь ненадолго, а всю жизнь с нею не прожить...» — Мустафа Монд замолчал, положил томик и стал листать страницы второй книги. — Ну вот, например, из Бирана, — сказал он и снова забасил: — «Человек стареет; он ощущает в себе то всепроникающее чувство слабости, вялости, недомогания, которое приходит с годами; и, ощутив это, воображает, что всего-навсего прихворнул; он усыпляет свои страхи тем, что, дескать, его бедственное состояние вызвано какой-то частной причиной, и надеется причину устранить, от хвори исцелиться. Тщетные надежды! Хворь эта — старость; и грозный она недуг. Говорят, будто обращаться к религии в пожилом возрасте заставляет людей страх перед смертью и тем, что будет после смерти. Но мой собственный опыт убеждает меня в том, что религиозность склонна с годами развиваться в человеке совершенно помимо всяких таких страхов и фантазий; ибо, по мере того как страсти утихают, а воображение и чувства реже возбуждаются и становятся менее возбудимы, разум наш начинает работать спокойней, меньше мутят его образы, желания, забавы, которыми он был ранее занят; и тут-то является Бог, как из-за облака; душа наша воспринимает, видит, обращаясь к источнику всякого света, обращается естественно и неизбежно; ибо теперь, когда все, дававшее чувственному миру жизнь и прелесть, уже стало от нас утекать, когда чувственное бытие более не укрепляется впечатлениями изнутри или извне, — теперь мы испытываем потребность опереться на нечто прочное, неколебимое и безобманное — на реальность, на правду бессмертную и абсолютную. Да, мы неизбежно обращаемся к Богу; ибо это религиозное чувство по природе своей так чисто, так сладостно душе, его испытывающей, что оно возмещает нам все наши утраты». — Мустафа Монд закрыл книгу, откинулся в кресле. — Среди множества прочих вещей, сокрытых в небесах и на земле, этим философам не снилось и все теперешнее (он сделал рукой охватывающий жест) — мы, современный мир. «От Бога можно не зависеть, лишь пока ты молод и благополучен; всю жизнь ты независимым не проживешь». А у нас теперь молодости и благополучия хватает на всю жизнь. Что же отсюда следует? Да то, что мы можем не зависеть от Бога. «Религиозное чувство возместит нам все наши утраты». Но мы ничего не утрачиваем, и возмещать нечего; религиозность становится излишней. И для чего нам искать замену юношеским страстям, если страсти эти в нас не иссякают никогда? Замену молодым забавам, когда мы до последнего дня жизни резвимся и дурачимся по-прежнему? Зачем нам отдохновение, когда наш ум и тело всю жизнь находят радость в действии? Зачем успокоение, когда у нас есть сома? Зачем неколебимая опора, когда есть прочный общественный порядок?

— Так, по-вашему, Бога нет?

— Вполне вероятно, что он есть.

— Тогда почему?..

Мустафа не дал ему кончить вопрос.

— Но проявляет он себя по-разному в разные эпохи. До Эры Форда он проявлял себя, как описано в этих книгах. Теперь же...

— Да, теперь-то как? — спросил нетерпеливо Дикарь.

— Теперь проявляет себя своим отсутствием; его как бы и нет вовсе.

— Сами виноваты.

— Скажите лучше, виновата цивилизация. Бог несовместим с машинами, научной медициной и всеобщим счастьем. Приходится выбирать. Наша цивилизация выбрала машины, медицину, счастье. Вот почему я прячу эти книжки в сейфе. Они непристойны. Они вызвали бы возмущение у чита...

— Но разве не естественно чувствовать, что Бог есть? — не вытерпел Дикарь.

— С таким же правом можете спросить: «Разве не естественно застегивать брюки молнией»? — сказал Главноуправитель саркастически. — Вы напоминаете мне одного из этих пресловутых мудрецов – напоминаете Брэдли. Он определял философию как отыскивание сомнительных причин в обоснование того, во что веришь инстинктивно. Как будто можно верить инстинктивно! Веришь потому, что тебя так сформировали, воспитали. Обоснование сомнительными причинами того, во что веришь по другим сомнительным причинам, – вот как надо определить философию. Люди верят в Бога потому, что их так воспитали.

– А все равно, – не унимался Дикарь, – в Бога верить естественно, когда ты одинок – совсем один в ночи – и думаешь о смерти...

– Но у нас одиночества нет, – сказал Мустафа. – Мы внедряем в людей нелюбовь к уединению и так строим их жизнь, что оно почти невозможно.

Дикарь хмуро кивнул. В Мальпаисе он страдал от того, что был исключен из общинной жизни, а теперь, в цивилизованном Лондоне, от того, что нельзя никуда уйти от этой общественной жизни, нельзя побыть в тихом уединении.

– Помните в «Короле Лире»? – произнес он, подумав. – «Боги справедливы, и обращаются в орудия кары пороки, услаждающие нас; тебя зачал он в темном закоулке – и был покаран темной слепотой». И Эдмунд в ответ говорит – а Эдмунд ранен, умирает: «Да, это правда. Колесо судьбы свершило полный круг, и я сражен». Что вы на это скажете? Есть, стало быть, Бог, который управляет всем, наказывает, награждает?

– Есть ли? – в свою очередь спросил Монд. – Ведь можете услаждаться с девушкой-неплодой сколько вам угодно, не рискуя тем, что любовница вашего сына впоследствии вырвет у вас глаза. «Колесо судьбы свершило полный круг, и я сражен». Но сражен ли современный Эдмунд? Он сидит себе в пневматическом кресле, в обнимку с девушкой, жует секс-гормональную резинку и смотрит ощущальный фильм. Боги справедливы. Не спорю. Но Божий свод законов диктуется в конечном счете людьми, организующими общество; Провидение действует с подсказки человека.

– Вы уверены? – возразил Дикарь. – Вы так уж уверены, что ваш Эдмунд в пневматическом кресле не понес кару столь же тяжкую, как Эдмунд, смертельно раненный, истекающий кровью? Боги справедливы. Разве не обратили они пороки, услаждающие современного Эдмунда, в орудия его унижения?

– Унижения? Соотносительно с чем? Как счастливый, работящий, товаропотребляющий гражданин, Эдмунд стоит высочайше. Конечно, если взять иной, отличный от нашего, критерий оценки, то не исключено, что можно будет говорить об унижении. Но надо ведь держаться одного набора правил. Нельзя играть в электромагнитный гольф по правилам эскалаторного хэнд бола.

– «Но ценность независима от воли, – процитировал Дикарь из «Троила и Крессиды». – Достойное само уж по себе достойно, не только по оценке чьей-нибудь».

– Ну, ну, ну, – сказал Мустафа. – Утверждение весьма спорное, не так ли?

– Если бы вы допустили к себе мысль о Боге, то не унижались бы до услаждения пороками. Был бы тогда у вас резон, чтобы стойко переносить страдания, совершать мужественные поступки. Я видел это у индейцев.

– Не сомневаюсь, – сказал Мустафа Монд. – Но мы-то не индейцы. Цивилизованному человеку нет нужды переносить страдания. А что до совершения мужественных поступков, то сохрани Форд от подобных помыслов. Если люди начнут действовать на свой риск, весь общественный порядок полетит в тартарары.

– Ну, а самоотречение, самопожертвование? Будь у вас Бог, был бы тогда резон для самоотречения.

– Но индустриальная цивилизация возможна лишь тогда, когда люди не отрекаются от своих желаний, а, напротив, потворствуют им в самой высшей степени, какую только допускают гигиена и экономика. В самой высшей, иначе остановятся машины.

– Был бы тогда резон для целомудрия! – проговорил Дикарь, слегка покраснев.

— Но целомудрие рождает страсть, рождает неврастению. А страсть с неврастенией порождают нестабильность. А нестабильность означает конец цивилизации. Прочная цивилизация немыслима без множества услаждающих пороков.

— Но в Боге заключается резон для всего благородного, высокого, героического. Будь у вас...

— Милый мой юноша, — сказал Мустафа Монд. — Цивилизация абсолютно не нуждается в благородстве или героизме. Благородство, героизм — это симптомы политической неумелости. В правильно, как у нас, организованном обществе никому не доводится проявлять эти качества. Для их проявления нужна обстановка полнейшей нестабильности. Там, где войны, где конфликт между долгом и верностью, где противление соблазнам, где защита тех, кого любишь, или борьба за них — там, очевидно, есть некий смысл в благородстве и героизме. Но теперь нет войн. Мы неусыпнейше предотвращаем всякую чрезмерную любовь. Конфликтов долга не возникает; люди так сформированы, что попросту не могут иначе поступать, чем от них требуется. И то, что от них требуется, в общем и целом так приятно, стольким естественным импульсам дается теперь простор, что, по сути, не приходится противиться соблазнам. А если все же приключится в кои веки неприятность, так ведь у вас всегда есть сома, чтобы отдохнуть от реальности. И та же сома остудит ваш гнев, примирит с врагами, даст вам терпение и кротость. В прошлом, чтобы достичь этого, вам требовались огромные усилия, годы суровой нравственной выучки. Теперь же вы глотаете две-три таблетки — и готово дело. Ныне каждый может быть добродетелен. По меньшей мере половину вашей нравственности вы можете носить с собою во флакончике. Христианство без слез — вот что такое сома.

— Но слезы ведь необходимы. Вспомните, что сказал Отелло: «Если каждый шторм кончается такой небесной тишью, пусть сатанеют ветры, будя смерть». Старик индеец нам сказывал о Девушке из Мацаки. Парень, захотевший на ней жениться, должен был взять мотыгу и проработать утро в ее огороде. Работа вроде бы легкая; но там летали мухи и комары; не простые, а волшебные. Женихи не могли снести их укусов и жал. Но один стерпел — и в награду получил ту девушку.

— Прелестно! — сказал Главноуправитель. — Но в цивилизованных странах девушек можно получать и не мотыжа огороды; и нет у нас жалящих комаров и мух. Мы всех их устранили столетия тому назад.

— Вот-вот, устранили, — кивнул насупленно Дикарь. — Это в вашем духе. Все неприятное вы устраняете — вместо того чтобы научиться стойко его переносить. «Благородней ли терпеть судьбы свирепой стрелы и каменья или, схватив оружие, сразиться с безбрежным морем бедствий...» А вы и не терпите, и не сражаетесь. Вы просто устраняете стрелы и каменья. Слишком это легкий выход.

Он замолчал — вспомнил о матери. О том, как в комнате на тридцать восьмом этаже Линда дремотно плыла в море поющих огней и ароматных ласк — уплывала из времени и пространства, из тюрьмы своего прошлого, своих привычек, своего одрябшего, дряхлеющего тела. Да и ее милый Томасик, бывший Директор Инкубатория и Воспитательного Центра, до сих пор ведь на сом отдыхе — заглушил сомой унижение и боль и пребывает в мире, где не слышно ни тех ужасных слов, ни издевательского хохота, где нет перед ним мерзкого лица, липнущих к шее дряблых влажных рук. Директор отдыхает в прекрасном мире...

— Вам бы именно слезами сдобрить вашу жизнь, — продолжал Дикарь. — А то здесь слишком дешево все стоит.

(«Двенадцать с половиной миллионов долларов, — возразил Генри Фостер, услышав ранее от Дикаря этот упрек. — Двенадцать с половиной миллиончиков, и ни долларом меньше. Вот сколько стоит новый наш Воспитательный Центр».)

— «Смертного и хрупкого себя подставить гибели, грозе, судьбине за лоскуток земли». Разве не заманчиво? — спросил Дикарь, подняв глаза на Мустафу. — Если даже оставить Бога в стороне – хотя, конечно, за Бога подставлять себя грозе был бы особый резон. Разве нет смысла и радости в жизненных грозах?

– Смысл есть, и немалый, – ответил Главноуправитель. – Время от времени необходимо стимулировать у людей работу надпочечников.

– Работу чего? – переспросил непонимающе Дикарь.

– Надпочечных желез. В этом одно из условий крепкого здоровья и мужчин и женщин. Потому мы и ввели обязательный прием ЗБС.

– Зебеэс?

– Заменителя бурной страсти. Регулярно, раз в месяц. Насыщаем организм адреналином. Даем людям полный физиологический эквивалент страха и ярости – ярости Отелло, убивающего Дездемону, и страха убиваемой Дездемоны. Даем весь тонизирующий эффект этого убийства – без всяких сопутствующих неудобств.

– Но мне любы неудобства.

– А нам – нет, – сказал Главноуправитель. – Мы предпочитаем жизнь с удобствами.

– Не хочу я удобств. Я хочу Бога, поэзию, настоящую опасность, хочу свободу, и добро, и грех.

– Иначе говоря, вы требуете права быть несчастным, – сказал Мустафа.

– Пусть так, – с вызовом ответил Дикарь. – Да, я требую.

– Прибавьте уж к этому – право на старость, уродство, бессилие; право на сифилис и рак; право на недоедание; право на вшивость и тиф; право жить в вечном страхе перед завтрашним днем; право мучиться всевозможными лютыми болями.

Длинная пауза.

– Да, это всё мои права, и я их требую.

– Что ж, пожалуйста, осуществляйте эти ваши права, – сказал Мустафа Монд, пожимая плечами.

Глава восемнадцатая

Дверь незаперта, приоткрыта; они вошли.
— Джон!
Из ванной донесся неприятный характерный звук.
— Тебе что, нехорошо? — громко спросил Гельмгольц.
Ответа не последовало. Звук повторился, затем снова; наступила тишина. Щелкнуло, дверь ванной отворилась, и вышел Дикарь, очень бледный.
— У тебя, Джон, вид совсем больной! — сказал Гельмгольц участливо.
— Съел чего-нибудь неподходящего? — спросил Бернард.
Дикарь кивнул.
— Я вкусил цивилизации.
— ???
— И отравился ею, душу загрязнил. И еще, — прибавил он, понизив голос, — я вкусил своей собственной скверны.
— Да, но что ты съел конкретно?.. Тебя ведь сейчас...
— А сейчас я очистился, — сказал Дикарь. — Я выпил теплой воды с горчицей.
Друзья поглядели на него удивленно.
— То есть ты намеренно вызвал рвоту? — спросил Бернард.
— Так индейцы всегда очищаются. — Джон сел, вздохнул, провел рукой по лбу. — Передохну. Устал.
— Немудрено, — сказал Гельмгольц.
Сели и они с Бернардом.
— А мы пришли проститься, — сказал Гельмгольц. — Завтра утром улетаем.
— Да, завтра улетаем, — сказал Бернард; Дикарь еще не видел у него такого выражения — решительного, успокоенного. — И кстати, Джон, — продолжал Бернард, подавшись к Дикарю и рукой коснувшись его колена, — прости меня, пожалуйста, за все вчерашнее. — Он покраснел. — Мне так стыдно, — голос его задрожал, — так...
Дикарь не дал ему договорить, взял руку его, ласково пожал.
— Гельмгольц — молодчина. Ободрил меня, — произнес Бернард. — Без него я бы...
— Да ну уж, — сказал Гельмгольц.
Помолчали. Грустно было расставаться, потому что они привязались друг к другу, — но и хорошо было всем троим чувствовать свою сердечную приязнь и грусть.
— Я утром был у Главноуправителя, — нарушил наконец молчание Дикарь.
— Зачем?
— Просился к вам на остров.
— И разрешил он? — живо спросил Гельмгольц.
Джон покачал головой.
— Нет, не разрешил.
— А почему?
— Сказал, что хочет продолжить эксперимент. Но будь я проклят, — взорвался бешено Дикарь, — будь я проклят, если дам экспериментировать над собой и дальше. Хоть проси меня все Главноуправители мира. Завтра я тоже уберусь отсюда.
— А куда? — спросили Гельмгольц с Бернардом.
Дикарь пожал плечами:
— Мне все равно куда. Куда-нибудь, где смогу быть один.

От Гилфорда авиатрасса Лондон – Портсмут идет вдоль Уэйской долины к Годалмингу, а оттуда над Милфордом и Уитли к Хейзлмиру – и дальше, через Питерсфилд, на Портсмут. Почти параллельно этой воздушной линии легла трасса возвратная – через Уорплесдон, Тонгем, Паттенем, Элстед и Грейшот. Между Хогсбэкской грядой и Хайндхедом были места, где эти трассы раньше проходили всего в шести-семи километрах друг от друга. Близость, опасная для беззаботных летунов – в особенности ночью или когда принял полграмма лишних. Случались аварии. Даже катастрофы. Решено было отодвинуть трассу Портсмут – Лондон на несколько километров к западу. И вехами старой трассы между Грейшотом и Тонгемом остались четыре покинутых авиамаяка. Небо над ними тихо и пустынно. Зато над Селборном, Борденом и Фарнемом теперь не умолкает гул и рокот вертопланов.

Дикарь избрал своим прибежищем старый авиамаяк, стоящий на гребне песчаного холма между Паттенемом и Элстедом. Маяк построен из железобетона и отлично сохранился; слишком даже здесь уютно будет, подумал Дикарь, оглядев помещение, слишком по-цивилизованному. Он успокоил свою совесть, решив тем строже держать себя в струне и очищение совершать тем полнее и тщательнее. Первую ночь здесь он провел без сна всю напролет. Простоял на коленях, молясь то Небесам (у которых некогда молил прощения преступный Клавдий), то Авонавилоне по-зунийски, то Иисусу и Пуконгу, то своему заветному хранителю – орлу. Временами Джон раскидывал руки, точно распятый, и подолгу держал их так, и боль постепенно разрасталась в жгучую муку; не опуская дрожащих рук, он повторял сквозь стиснутые зубы (а пот ручьями тек по лицу): «О, прости меня! О, сделай меня чистым! О, помоги мне стать хорошим!» – повторял снова и снова, почти уже теряя сознание от боли.

Когда наступило утро, он почувствовал, что имеет теперь право жить на маяке; да, имеет – даром что в окнах почти все стекла уцелели, даром что вид с верхней площадки открывается великолепный. Потому Дикарь и выбрал этот маяк, и потому чуть было сразу же и не ушел отсюда. Вид сверху так чудесен – глазам как бы предстает воплощение божества. Но кто Дикарь такой, чтоб нежить глаз беспрерывным зрелищем красоты? Кто он такой, чтобы жить в зримом присутствии Бога? Ему бы, по его заслугам, обитать в свином хлеву, в слепой норе... Тело Дикаря одеревенело, плечи ныли после долгой ночной муки, но этим-то и был он внутренне ободрен, и, поднявшись на верх своей башни, он окинул взглядом яркий рассветный мир, в котором обрел право жить. На северном горизонте тянулась Хогсбэкская меловая гряда, за ее восточной оконечностью вставали семь узких небоскребов, составляющих Гилфорд. При виде их Дикарь поморщился; но он вскоре с ними примирится – ибо по ночам они сверкают огнями, как веселые и симметричные созвездия, или же, в сплошной прожекторной подсветке, высятся наподобие светозарных перстов, указующих вверх, в непроницаемые тайны неба (хоть жеста этого никто в Англии теперь не понимает, кроме Дикаря).

В долине, отделяющей Хогсбэкскую гряду от холма с маяком, виден Паттенем – скромный девятиэтажный поселочек с силосными башнями, птицефермой и фабричкой, производящей витамин Д. А на юг от маяка пологие вересковые склоны спускаются к прудам.

За цепочкою прудов, над лесом встает четырнадцатиэтажной башней Элстед. Подернутые смутной английской дымкой, Хайндхед и Селборн манят глаз в голубую романтическую даль. Но не только дали манят; приманчива и близь. Леса, открытые пространства, поросшие вереском и желтым от цветов утесником, группы сосен, поблескивающие пруды с прибрежными березами, с кувшинками и зарослями камыша – все это красиво и поражает глаз, привыкший к бесплодию американской пустыни. А уединенность какая! Целыми днями не увидишь человеческой фигурки. От маяка всего лишь четверть часа лететь до Черинг-Тийской лондонской башни; но даже и холмы Мальпаиса не пустыннее этих суррейских вересковых пустошей. Толпы, ежедневно вылетающие из Лондона, летят играть в электромагнитный гольф или в теннис. В Паттенеме игровых полей нет; ближайшие римановы поверхности находятся

118

в Гилфорде. А здесь – только цветы да пейзажи. Так что лететь сюда незачем. Первые дни Дикарь прожил, никем не тревожимый.

Бо́льшую часть денег, что по прибытии в Англию Джон получил на личные расходы, он потратил теперь, покидая Лондон. Купил четыре одеяла из вискозной шерсти, нужный инструмент, гвоздей, веревок и бечевок, клею, спичек (с намерением, однако, смастерить потом дрель для добывания огня), купил простейшую кухонную утварь, пакетов двадцать семян и десять килограммов пшеничной муки. «Нет, не нужен мне мучной суррогат из синтетического крахмала и пакли, – твердо заявил он продавцу. – Пусть суррогат питательней, не надо». Но полигормональное печенье и витаминизированную эрзац-говядину ему все-таки всучили. Глядя теперь на эти банки, он горько жалел, что поддался уговорам. Тьфу, цивилизованная гадость! «С голоду помру, а не притронусь. Я им покажу!» – давал он мысленно свирепый зарок. И себе покажет тоже, слабаку!

Он пересчитал деньги. Осталось мало, но все же хватит, наверное, чтобы перебиться до весны. А там огород даст ему независимость от внешнего мира. И можно пока что охотиться. Тут кругом водятся кролики, и на прудах есть дикая птица. Он принялся, не мешкая, делать лук и стрелы.

Поблизости от маяка росли ясени, а для стрел была целая заросль молодого, прямого орешника. Он начал с того, что срубил ясенек, снял со ствола, свободного от сучьев, кору и стал осторожно и тонко, как учил старый Митсима, обстругивать – и выстругал шестифутовое, в собственный рост, древко с довольно толстой средней частью и суженными, гибкими, упругими концами. Работалось сладко и радостно. После всех этих бездельных недель в Лондоне, где только кнопки нажимай да выключателями щелкай, он изголодался по труду, требующему сноровки и терпения.

Он почти уже кончил строгать, как вдруг поймал себя на том, что напевает – поет! Он виновато покраснел, точно разоблачил себя внезапно, застиг на месте преступления. Ведь не петь и веселиться он сюда приехал, а спасаться от цивилизованной скверны, заразы, чтобы стать здесь чистым и хорошим, чтобы покаянным трудом загладить свою вину. Смятенно он спохватился, что, углубясь в работу, забыл то, о чем клялся постоянно помнить, – бедную Линду забыл, и свою убийственную к ней жестокость, и этих мерзких близнецов, кишевших, точно вши, у ее одра – оскорбительно, кощунственно кишевших. Он поклялся помнить и неустанно заглаживать вину. А теперь вот сидит, строгает весело и поет, да-да, поет...

Он пошел, открыл пачку горчицы, поставил чайник на огонь. Получасом позже проезжали мимо, направляясь в Элстед, трое паттенемских сельхозрабочих-близнецов, минус-дельтовиков, и на холме увидели такое зрелище: стоит у маяка парень, обнажен до пояса и хлещет себя веревочным бичом. Спина у парня вся в багровых поперечных полосах, и струйками сочится кровь. Остановив свой грузовик на обочине, они стали глядеть издали с разинутыми ртами и считать удары. Один, два, три... После восьмого удара парень прервал бичевание, отбежал к опушке, и там его стошнило. Затем он схватил бич и захлестал себя снова. Девять, десять, одиннадцать, двенадцать...

– Форд! – прошептал водитель. Братья его были ошарашены не меньше.

– Фордики-моталки! – вырвалось у них.

Через три дня, как стервятники на падаль, налетели репортеры.

Древко было уже закалено, высушено над слабым, из сырых веток, огнем – лук был готов. Дикарь занялся стрелами. Он оглядил ножом и высушил тридцать ореховых прутьев, снабдил их острыми гвоздями-наконечниками, а на другом конце каждой стрелы аккуратно сделал выемку для тетивы. Совершив ночной набег на паттенемскую птицеферму, он запасся перьями в количестве, достаточном для целого арсенала арбалетов и луков. За оперением стрел и застал Дикаря репортер, прилетевший первым. Он подошел сзади бесшумно на своих пневматических подошвах.

119

– Здравствуйте, мистер Дикарь, – произнес он. – Я из «Ежечасных радиовестей».

Дикарь вскинулся, как от змеиного укуса, вскочил, рассыпая стрелы, перья, опрокинув клей, уронив кисти для клея.

– Прошу извинить, – искренне и сокрушенно сказал репортер. – Я вовсе не хотел... – Он коснулся своей шляпы – алюминиевого цилиндра, в котором был смонтирован приемопередатчик. – Простите, что не снимаю шляпы. Слегка тяжеловата. Как я уже сказал, я представляю «Ежечасные...».

– Что надо? – спросил Дикарь, грозно хмурясь. Репортер ответил самой своей обворожительной улыбкой.

– Ну разумеется, наши читатели с огромным интересом... – Он склонил голову набок, улыбка его сделалась почти кокетливой. – Всего лишь несколько слов, мистер Дикарь.

Последовал ряд быстрых ритуальных жестов: мигом размотаны два проводка от поясной портативной батареи и воткнуты сразу с обоих боков алюминиевой шляпы-цилиндра; нажата пружинка на тулье цилиндра – и тараканьими усами выросли антенны; нажата другая, спереди на полях, – и, как чертик из коробочки, выскочил микрофон, закачался у репортера перед носом; опущены радионаушники; нажат включатель слева на тулье – и в цилиндре раздалось слабое осиное жужжание; повернута ручка справа – и к жужжанию присоединились легочные хрипы, писк, икота, присвист.

– Алло, – сказал репортер в микрофон, – алло, алло... – В цилиндре вдруг раздался звон. – Это ты, Эдзел? Говорит Примо Меллон. Да, дело в шляпе. Сейчас мистер Дикарь возьмет микрофон, скажет несколько слов. Пожалуйста, мистер Дикарь. – Он взглянул на Дикаря, подарил его еще одной своей победительной улыбкой. – Объясните в двух словах нашим читателям, зачем вы поселились здесь. Почему так внезапно покинули Лондон. (Не уходи с приема, Эдзел!) И конечно же, зачем бичуетесь. (Дикарь вздрогнул: откуда им про бич известно?) Все мы безумно жаждем знать разгадку бича. А потом – что-нибудь о цивилизации. «Мое мнение о цивилизованной девушке» – в этом духе. Пять-шесть слов всего, не больше...

Дикарь исполнил просьбу с огорошивающей пунктуальностью. Пять слов он произнес, и не больше, – те самые пять индейских слов, которые услышал от него Бернард в ответ на просьбу выйти к важному гостю – архипесноглову Кентерберийскому.

– Хани! Сонс эсо це-на! – И, схватив репортера за плечи, повернул его задом к себе (зад оказался заманчиво выпуклым), примерился и дал пинка со всей силой и точностью чемпиона-футболиста.

Восемь минут спустя на улицах Лондона уже продавали новейший выпуск «Ежечасных радиовестей». Через первую полосу было пущено жирно: «Загадочный ДИКАРЬ ФУТБОЛИТ нашего корреспондента. СНОГШИБАТЕЛЬНАЯ НОВОСТЬ».

«Что верно, то верно – сногшибательная», – подумал репортер, когда по возвращении в Лондон прочел заголовок. Осторожненько, морщась от боли, он сел обедать.

Не устрашенные этим предостерегающим ударом по копчику коллеги, еще четверо репортеров – из нью-йоркской «Таймс», франкфуртского «Четырехмерного континуума», бостонской «Фордианской науки», а также из «Дельта миррор» – явились в этот день на маяк, и Дикарь встречал их со все возрастающей свирепостью.

– Закоснелый глупец! – с безопасного расстояния кричал ему корреспондент «Фордианской науки», потирая свои ягодицы. – Прими сому!

– Убирайся! – Дикарь погрозил кулаком.

Ученый репортер отошел еще дальше и снова закричал:

– Прими два грамма, и зло обратится в нереальность.

– Кохатва ияттокяй! – послал ему в ответ Дикарь зловеще и язвительно.

– Боль – всего лишь обман чувств.

– Ах, всего лишь? – И Дикарь, схватив палку, шагнул к репортеру. Тот шарахнулся к своему вертоплану.

После этого Дикаря на время оставили в покое. Прилетали, правда, вертопланы, кружили любознательно над башней. Дикарь послал стрелу в самый ближний и назойливый. Стрела пробила алюминиевый пол кабины; раздался вопль, и машина газанула ввысь со всей прытью, на какую была способна. С тех пор вертопланы держались на почтительной дистанции от маяка. Не обращая внимания на их зудливый рокот – сравнивая себя мысленно со стойким индейским женихом, не поддающимся кровожадному гнусу, – Дикарь вскапывал свой огород. Позудев над головой и, видимо, соскучась, вертопланное комарье улетало; небеса на целые часы пустели, затихали – только жаворонок пел.

Было безветренно и душно, пахло грозой. Все утро он копал и теперь прилег отдохнуть на полу. И внезапно им овладел образ Линайны – реальной, в туфельках, нагой, осязаемой, благоуханной. «Милый! Обними же меня!» – зазвучало в ушах. Блудница наглая! Ох, но обвившиеся руки, приподнявшиеся груди, приникшие губы! Вечность была у нас в глазах и на устах. Линайна... Нет, нет, нет! Он вскочил на ноги и, как был, полуголый, выбежал во двор. На краю пустоши кучно росли сизые можжевеловые кусты. Он грудью кинулся на можжевельник, хватая в объятия не бархатное желанное тело, а охапку жестких игл. Тысяча острых уколов его обожгла. Он попытался вернуться мыслью к бедной Линде, задыхающейся немо, к скрюченным ее пальцам, к диким от ужаса глазам Линды. Линды, о которой он поклялся помнить. Но по-прежнему владел им образ Линайны, которую он поклялся забыть. Даже колющие, жалящие иголки можжевельника не могли погасить этот образ, живой, неотступный. «Милый, милый... А раз и ты хотел меня, то почему же...»

Бич висел на гвозде за дверью – на случай нового вторжения репортеров. Вне себя Дикарь бросился к бичу, схватил, взмахнул. Узластая веревка впилась в тело.

– Шлюха! Шлюха! – восклицал он при каждом ударе, точно под бичом была Линайна (и как он яростно и сам того не сознавая желал, чтобы она явилась!), белая, горячая, душистая, бесстыжая. – Распутница! – И взывал в отчаянии: – О Линда, прости меня! Прости меня, Боже! Я скверный. Я мерзкий. Я... Нет же, нет, шлюха ты, шлюха!

Из своего укрытия, хитро устроенного в лесу, метрах в трехстах от маяка, Дарвин Бонапарт – самый искусный из репортеров-киноохотников за крупной дичью – видел все происходящее. Его умение и терпение были наконец-то вознаграждены. Три дня просидел он внутри своего скрадка, имеющего вид высокого дубового пня, три ночи прополз на животе среди утесника и вереска, пряча микрофоны в кусточках, присыпая провода серым мелким песком. Трое суток жесточайших неудобств. Зато теперь настал звездный миг – миг самой крупной удачи (успел подумать Дарвин Бонапарт, приводя в действие аппаратуру), самой крупной с тех пор, как удалось снять тот знаменитый стереовоющий фильм о свадьбе горилл. «Прелестно! – мысленно воскликнул Бонапарт, когда Дикарь начал свой поразительный спектакль. – Прелестно!» Он тщательно навел телескопические камеры, прильнул к визиру, следуя за движениями Дикаря; надел насадку, чтобы крупным планом снять перекошенное бешено лицо (превосходно!); на полминуты включил ускоренную съемку (замедленность движений даст изумительный комический эффект!); послушал удары, стоны, дикие бредовые слова, записываемые на звуковую дорожку, попробовал слегка их усилить (да, так будет, безусловно, лучше!); восхитился контрастом, услыхав и записав в промежутке затишья звонкое пение жаворонка; подумал – вот если бы Дикарь повернулся, дал бы заснять крупным планом кровь на спине, – и почти тотчас (везет же сегодня!) Дикарь услужливо повернулся как надо и подарил великолепный кадр.

«Грандиозно! – поздравил себя Дарвин, кончив съемку. – Просто грандиозно!» Он вытер потное лицо. Присоединят на студии ощущальные эффекты, и замечательный получится фильм. Почти не хуже «Любовной жизни кашалота», а этим что-нибудь да сказано!

Через двенадцать дней «Неистовый Дикарь» был выпущен Ощущальной корпорацией на экраны всех перворазрядных кинодворцов Западной Европы – смотрите, слушайте, ощущайте!

Фильм подействовал незамедлительно и мощно. На следующий же день после премьеры, под вечер, уединение Джона было нарушено целой ордой вертопланов.

Джон копал гряды – и в то же время вскапывал усердно свой духовный огород, ворошил, ворочал мысли. Смерть – и он вонзил лопату в землю. «И каждый день прошедший освещал глупцам дорогу в смерть и прах могилы!» Вон и в небе дальний гром рокочет подтверждающе. Джон вывернул лопатой ком земли. Почему Линда умерла? Почему ей дали постепенно превратиться в животное, а затем... Он поежился. В целуемую солнцем падаль. Яростно нажав ступней, он вогнал лопату в плотную почву. «Мы для богов, что мухи для мальчишек; себе в забаву давят нас они». И рокот в небе – подтверждением этих слов, которые правдивей самой правды. Однако тот же Глостер назвал богов вечноблагими. И притом, «сон лучший отдых твой, ты то и дело впадаешь в сон – и все же трусишь смерти, которая не более чем сон». Не более. Уснуть. И видеть сны, быть может. Лезвие уперлось в камень; нагнувшись, он отбросил камень прочь. Ибо в том смертном сне какие сны приснятся?.. Рокот над головой обратился в рев; и Джона вдруг покрыла тень, заслонившая солнце. Он поднял глаза, пробуждаясь от мыслей, отрываясь от копки; взглянул недоуменно, все еще блуждая разумом и памятью в мире слов, что правдивей правды, – среди необъятностей божества и смерти; взглянул – и увидел близко над собой нависшие густо вертопланы. Саранчовой тучей они надвигались, висели, опускались повсюду на вереск. Из брюха каждого севшего саранчука выходила парочка – мужчина в белой вискозной фланели и женщина в «пижамке» из ацетатной чесучи (по случаю жары) или в плисовых шортах и майке. Через несколько минут уже десятки зрителей стояли, образовав у маяка широкий полукруг, глазея, смеясь, щелкая камерами, кидая Джону – точно обезьяне – орехи, жвачку, полигормональные пряники. И с каждой минутой, благодаря авиасаранче, летящей беспрерывно из-за Хогсбэкской гряды, число их росло. Они множились, будто в страшном сне, – десятки становились сотнями.

Дикарь отступил к маяку и, как окруженный собаками зверь, прижался спиной к стене, в немом ужасе переводя взгляд с лица на лицо, словно лишаясь рассудка.

Метко брошенная пачка секс-гормональной резинки ударила Дикаря в щеку. Внезапная боль вывела его из оцепенения – он очнулся; гнев охватил его.

– Уходите! – крикнул он.

Обезьяна заговорила! Раздались аплодисменты, смех.

– Молодец, Дикарь! Ура! Ура!

И сквозь разноголосицу донеслось:

– Бичевание покажи нам, бичевание!

Показать? Он сдернул бич с гвоздя и потряс им, грозя своим мучителям.

Жест этот был встречен насмешливо-одобрительным возгласом толпы.

Дикарь угрожающе двинулся вперед. Вскрикнула испуганно женщина. Кольцо зрителей дрогнуло, качнулось перед Дикарем – и опять застыло. Ощущение своей подавляющей численности и силы придало этим зевакам храбрости, которой Дикарь от них не ожидал. Не зная, что делать, он остановился, огляделся.

– Почему вы мне покоя не даете? – В гневном этом вопросе прозвучала почти жалобная нотка.

– На́, вот миндаль с солями магния! – сказал стоящий прямо перед Дикарем мужчина, протягивая пакетик. – Ей-форду, очень вкусный, – прибавил он с неуверенной, умиротворительной улыбкой. – А соли магния сохраняют молодость.

Дикарь не взял пакетика.

– Что вы от меня хотите? – спросил он, обводя взглядом ухмыляющиеся лица. – Что вы от меня хотите?

122

— Бича хотим, — ответила нестройно сотня голосов. — Бичевание покажи нам. Хотим бичевания.

— Хо-тим би-ча, — дружно начала группа поодаль, неторопливо и твердо скандируя. — Хо-тим би-ча.

Другие тут же подхватили как попугаи, раскатывая фразу все громче, и вскоре уже все кольцо ее твердило:

— Хо-тим би-ча.

Кричали все как один; и, опьяненные криком, шумом, чувством ритмического единения, они могли, казалось, скандировать так бесконечно. Но на двадцать примерно пятом повторении случилась заминка. Из-за Хогсбэкской гряды прилетел очередной вертоплан и, повисев над толпой, приземлился в нескольких метрах от Дикаря — между зрителями и маяком. Рев воздушных винтов на минуту заглушил скандирование; но, когда моторы стихли, снова зазвучало: «Хо-тим бича, хо-тим би-ча», — с той же громкостью, настойчивостью и монотонностью.

Дверца вертоплана открылась, и вышел белокурый и румяный молодой человек, а за ним — девушка в зеленых шортах, белой блузке и жокейском картузике.

При виде ее Дикарь вздрогнул, подался назад, побледнел.

Девушка стояла, улыбаясь ему — улыбаясь робко, умоляюще, почти униженно. Вот губы ее задвигались, она что-то говорит; но слов не слышно за скандирующим хором.

— Хо-тим би-ча! Хо-тим би-ча!

Девушка прижала обе руки к груди, слева, и на кукольно красивом, нежно-персиковом ее лице выразилась горестная тоска, странно не вяжущаяся с этим личиком. Синие глаза ее словно бы стали больше, ярче; и внезапно две слезы скатились по щекам. Она опять проговорила что-то; затем быстро и пылко протянула руки к Дикарю, шагнула.

— Хо-тим би-ча! Хо-тим би...

И неожиданно зрители получили желаемое.

— Распутница! — Дикарь кинулся к ней, точно полоумный. — Хорек блудливый! — И точно полоумный, ударил ее бичом.

Перепуганная, она бросилась было бежать, споткнулась, упала в вереск.

— Генри, Генри! — закричала она. Но ее румяный спутник пулей метнулся за вертоплан — подальше от опасности.

Кольцо зрителей смялось, с радостным кличем бросились они все разом к магнетическому центру притяжения. Боль ужасает людей — и притягивает.

— Жги, похоть, жги! — Дикарь исступленно хлестнул бичом. Алчно сгрудились зеваки вокруг, толкаясь и толчась, как свиньи у корыта.

— Умертвить эту плоть! — Дикарь скрипнул зубами, ожег бичом собственные плечи. — Убить, убить!

Властно притянутые жутью зрелища, приученные к стадности, толкаемые жаждой единения, неискоренимо в них внедренной, зрители невольно заразились неистовством движений Дикаря и стали ударять друг друга — в подражание ему.

— Бей, бей, бей... — кричал Дикарь, хлеща то свою мятежную плоть, то корчащееся в траве гладкотелое воплощение распутства.

Тут кто-то затянул:

— Бей-гу-ляй-гу...

И вмиг все подхватили — запели и заплясали.

— Бей-гу-ляй-гу, — пошли они хороводом, хлопая друг друга в такт, — ве-се-лись...

Было за полночь, когда улетел последний вертоплан. Изнуренный затянувшейся оргией чувственности, одурманенный сомой, Дикарь лежал среди вереска, спал. Проснулся — солнце уже высоко. Полежал, щурясь, моргая по-совиному, не понимая; затем внезапно вспомнил — все.

– О Боже, Боже мой! – Он закрыл лицо руками.

Под вечер из-за гряды показались вертопланы, летящие темной тучей десятикилометровой длины. (Во всех газетах была описана вчерашняя оргия единения.)
– Дикарь! – позвали лондонец и лондонка, приземлившиеся первыми. – Мистер Дикарь!
Ответа нет.
Дверь маяка приоткрыта. Они толкнули ее, вошли в сумрак башни. В глубине комнаты – сводчатый выход на лестницу, ведущую в верхние этажи. Высоко там, за аркой, виднеются две покачивающиеся ступни.
– Мистер Дикарь!
Медленно-медленно, подобно двум неторопливым стрелкам компаса, ступни поворачиваются вправо – с севера на северо-восток, восток, юго-восток, юг; остановились, повисели и так же неспешно начали обратный поворот. Юг, юго-восток, восток…